KB103626

"

제1회 국제청소년동화쓰기로 작가되기 프로젝트

오늘 나도 청소년 작가다

오늘 나도 청소년 작가다

발행   2023년 02월 22일
저자   사단법인 희망도서관
펴낸이   한건희
펴낸곳   주식회사 부크크
출판사등록 2014. 07. 15(제2014-16호)
주소   서울특별시 금천구 가산디지털1로 119 A동 305호
전화   1670-8316
E-mail   info@bookk.co.kr
ISBN   979-11-410-1732-3

"

제1회 국제청소년동화쓰기로 작가되기 프로젝트

오늘 나도 청소년 작가다

사단법인 희망도서관 지음

BOOKK

목차

발간사   이창준대표   006
추천사   문정복국회의원   007
추천사   이해식국회의원   009
추천사   박영규발행인   011

1장   꿈을 향한 여정의 향기 (꿈)

팻과맷 이야기   이연희   015
못생긴 고양이   이현규   019
호랑이는 무섭지 않은걸??   김가은   022
찬이의 열정   서은솔   032
모진원석   양다인   035
벨루가   강다연   039
알포의 모험   김아인   044

2장   함께 해서 행복한 세상 (나눔)

배려   이인서   057
무지개 다리   이예은   060
나눔 체험   김정현   063
뽀니뽀니 아저씨의 초콜릿 가게   김건우   066
감사가 뭐에요   김민지   070

3장   사랑의 조각 (사랑)

외톨이 행성 플루토	정재희	077
카톡왔숑	오 윤	081
나를 기쁘게 하는 건 나!	성유리	089
코코아 속 마시멜로 같은 선생님	유정민	094
거지의 보답	한윤호	099

4장   함께 하는 사회 (나눔)

세상에서 가장 아름다운 그림	장성운	105
꿈꾸는 고래	정사랑	109
엄마가 집에 없던 일주일	조영관	113
하늘에서의 경주	김영원	118
마녀사냥	김규리	122
정직했어야 했는데	박주연	133
10년 전, 그날 이야기	이소은	145

5장   성장 일기 (성장)

너 때문이야	이종원	169
동물원을 바꾼 카나리아	양지혁	178
신비한 전자상가	한온유	183
황금 깃털	김숙인	189
축구공이 가져다 준 선물	김인엽	193
우리의 미래	김소윤	199

수상자명단		273
에필로그	김차순위원장	275

사단법인 희망도서관 대표 이 창 준

저희 희망도서관은 책 한 권이 한 사람의 인생을 바꿀 수 있다는 믿음을 가지고 있습니다.

최근 국제 청소년 작가가 되기 프로젝트를 진행한 이유는 책과 품성으로 꿈을 선물하고자 했기 때문입니다. 품성에 대한 글을 쓰는 것이 쉽지 않았겠지만, 삶에서는 수많은 교훈들을 글로 써서 인성을 훈련할 수 있는 좋은 기회가 되었을 것입니다. .저는 이 책이 우리 청소년들에게 꿈을 향해 나아갈 수 있는 계단이 되길 원합니다.

여러분의 노력에 감사드리며 격려합니다. 이 어려운 책쓰기도 성공하셨기 때문에 주저하지 말고 자신의 꿈을 향해 힘차게 나아가길 바랍니다.

교육위원회 국회의원 문정복

사단법인 희망도서관에서 제1회 국제청소년동화쓰기대회 시상식을 개최한 것을 축하드립니다. 국내뿐 아니라 해외 각국에 책 나눔과 독서 운동, 도서관 세우기 실천으로 청소년에게 꿈과 희망을 나누고 있는 희망도서관의 비전과 사명에 깊은 경의를 표합니다.

올해 처음으로 개최하는 국제청소년동화쓰기 대회 역시 작가의 꿈을 가진 국제 청소년들에게 글쓰기와 출판의 기회를 제공하는 희망도서관의 따뜻한 실천입니다. 국가나 지역과 빈부에 관계 없이 미래의 작가의 꿈을 가진 청소년들을 응원하고, 청소년들에게 자신의 역량을 펼쳐 보이도록 만드는 좋은 계기가 될 것이라 확신합니다.

이번 시상식에서 선보이는 청소년 작가들의 우수한 작품들이 더 많은 학생들에게 읽히고, 읽힌 작품들이 청소년들 각자의 꿈을 향해 나아가는 작은 계단이 되기를 바랍니다. 덧붙여 우리 시흥에도 희망도서관의 독서운동을 통해 청소년들이 12가지 품성으로 성장할 수 있는 독서코칭의 기회가 마련되기를 바랍니다.

다시 한 번 사단법인 희망도서관의 제1회 국제청소년동화쓰기대회 시상식 개최를 축하드립니다.

추 천 사

서울 강동(을) 국회의원 이해식

먼저 올 해 처음 개최되는 제1회 청소년 동화쓰기로 작가되기 출품 우수작에 대한 시상과 작품집 출간을 진심으로 축하드립니다. 아울러 대회에서 수상하신 분들과 작품을 출품해주신 모든 분들께 감사와 응원의 말씀을 전하며, 의미 있는 행사를 준비하고 진행하신 김차순위원장님을 비롯한 사단법인 희망도서관 관계자 여러분들께도 감사드립니다.

"꿈꿀 수 없는 사람들에게 책으로 꿈을 선물하고, 자원을 공유하여 그 꿈을 이룰수 있도록 돕는 사람들"이라는 희망도서관의 비전은 제게도 큰 울림으로 다가옵니다. 기성세대가 해야 할 일은 다음 세대가 잘 키워갈 수 있도록 가치로 운 미래와 삶을 위한 씨앗을 뿌리는 것 이라고 생각합니다. 그런 면에서 희망도서관의 비전과 활동은 '오늘 우리가 무엇을 고민하고 어떤 삶을 지향해야 하는가'에 대한 화두를 던져주시는 것 같아서 저도 스스로를 돌아보게 됩니다.

오늘의 이 대회가 단순한 글쓰기 대회와 수상 작품집 출간에 그치지 않고 미래 세대에게 희망과 사랑, 추구해야 할 가치에 대해 함께 고민하고 공감해가는 공유와 실천의 장이 될 수 있기를 소망합니다. 그리고 가능한 저도 그 현장에 함께 할 수 있도록 노력하겠습니다.

다시 한 번, 수상하시고 출품해주신 모든 분들께 축하와 감사의 말씀을 드리며, 전시회 행사도 성황리에 치러지기를 바랍니다. 그리고 플랫폼을 통해 공유되는 작품집이 세계 곳곳에서 서로를 이해하고 공감하며 올바른 가치를 지향하는데 큰 역할을 할 수 있기를 바랍니다.

고맙습니다.

독서는 인간의 마음에 양식을 쌓아주는 가장 우수한 효과가 있는 것입니다. 또한 독서는 정신세계의 건전한 성숙은 물론 지식을 쌓고 창의력을 배양하며 새로운 것을 창출해 낼 수 있는 기초역량을 키우는 중요한 역할을 합니다. 특히 성숙 되어가는 청소년들에게는 매우 유익하고 필수적인 영역이라 생각합니다. 이런 인간사회의 중차대한 일에 앞장서 나가고 있는 사단법인 희망도서관에게 감사드립니다.

열정, 근면, 책임감, 절제, 겸손, 존중, 순종, 용서, 나눔, 감사, 정의, 정직 등의 주제를 통해 '제1회 국제청소년 동화 쓰기로 작가 되기'라는 행사를 펼치며 청소년들에게는 매우 좋은 기회를 제공해 주신 것에 박수를 보냅니다.

또한 우수 작품을 전자책으로 제작하여 (사)희망도서관의 hopelibrary 무료 독서 어플에 실어 세계의 어린이들이 자신들의 이야기로 서로 교류하는 장을 만들어 가는 훌륭한 일에도 찬사와 축하의 말씀을 드립니다.

이번 '제1회 국제청소년 동화 쓰기로 작가 되기'에 참여하여 우수한 성적으로 수상하고 전자책을 통해 작품을 알리게 된 모든 청소년수상자에게 축하의 마음을 전하며 더욱 많은 독서를 통해 현명한 인간으로 성숙해 나가시기를 바랍니다.

더불어 사단법인 희망도서관에서 추진하고 있는 '제1회 국제청소년 동화 쓰기로 작가 되기' 행사가 올바르고 창의적인 청소년들을 성장시키는 행사로 발전되시길 바라며 사단법인 희망도서관의 더욱 큰 역할을 기대하며 응원합니다.

다시 한번 '제1회 국제청소년 동화 쓰기로 작가 되기' 행사를 축하하고 사단법인 희망도서관의 큰 행보를 기원하겠습니다.

1장

꿈을 향한 여정의 향기

꿈

팻과맷 이야기

이 연 희

햄스터들이 모여 사는 마을에 마음이 착하고 영리하기도 한 팻이라는 이름의 햄스터가 있었어요. 팻의 가족은 펌킨 가족으로 불렸는데 아빠의 성이 펌킨이기 때문이지요. 팻의 가족은 엄마, 아빠, 그리고 아주 귀엽지만 개구쟁이인 동생 낸시로 구성되어있어요. 펌킨가족은 다른 가족처럼 화목했어요. 엄마와 아빠가 매일 이야기를 만들어서 아이들에게 들려주었고 아이들도 이야기를 들으며 행복해 했어요.

하지만 어느 날 갑자기 펌킨 아주머니가 고약한 병에 걸리게 되었어요. 아픈 엄마를 돌보느라 펌킨 아저씨는 돈을 벌 수가 없었고, 화목했던 펌킨 가족도 불행하다고 생각하기 시작했어요. 펌킨 아주머니 약을 사느라 모아둔 돈을 다 써버려서 생활하기 어려워졌기 때문이지요.

  그러던 어느 날 팻이 엄마의 약을 사러 큰 마을로 가게 되었는데, 많은 무리의 햄스터들이 누군가에게 음식을 던지고 있었어요. 팻은 햄스터 무리를 물리치고 괴롭힘을 당하고 있는 '그' 누군가를 도와주었어요. 그 누군가는 반은 햄스터고 반은 쥐인 아이였어요. 그의 이름은 맷이었어요.

  팻은 처음 보는 아이에 놀라지 않고 그 아이를 도와주기로 마음 먹었어요. 그리고 그와 친구가 되기로 했어요. 그 친구의 이름은 맷이고, 펌킨 가족처럼 이야기를 아주 좋아하는 아이였어요. 둘은 많은 이야기를 주고 받으며 서로의 마음을 알아보고 아주 사이 좋은 친구가 되었어요.

  이야기를 좋아하는 그 둘은 자신들의 이야기를 책으로 만들기로 했어요. 그들이 생각하기에 그 이야기는 아주 특별하다고 생각했지요. 책을 만들어서 팔면 잘 될 거라고 생각했어요. 그래서 종이와 잉크를 사서 내용을 써야 했지만 돈이 없었습니다. 맷과 팻은 곰곰이 생각해 보았어요. 종이와 잉크 대신 쓸만한 게 없을까? 하고 서로 의견을 주고받았지요.

  그러다 둘은 아주 기발한 해결책을 찾았어요. 마을 연못에 많이 피어있는 연꽃과 과일나무에서 썩어서 떨어진 과일, 새들이 몸단장할 때 떨어진 깃털을 이용하기로 했어요. 연꽃의 잎으로 종이 대신 사용하고, 썩어서 못 먹게 된 열매를 잉크로 쓰기로 했지요. 펜은 새들이 털 정리할 때 빠진 깃털을 쓰기로 결정하고는 바로 준비했어요. 팻과 맷은 연꽃 잎을 찢어지지 않게 말렸어요. 썩거나 못 먹고 버린 진한 색의 열매들을 열심히 모아 즙을 짠 후 적당히 잘 농축시켰어요. 그리고 깃털 펜으로 자신들이 만든 이야기를 잘 정리하여 책을 썼어요.

몇 달이 지나자 그들의 처음 책이 완성되었어요. 팻과 맷은 펌킨 가족이 사는 마을 사람들을 불러서 이야기를 들려주기로 했어요. 하지만 맷은 마을의 햄스터들이 생김새가 다를 자기를 보고 싫어할까 엄청나게 걱정이 되었어요. 반대로 팻은 자신감이 넘쳤습니다. 왜냐하면 그들이 쓴 이야기가 본인들의 이야기였거든요. 출신이 다르고 생김새가 다르지만 친한 친구가 된 자신들의 이야기를 흥미진진하게 썼기에 이야기를 듣고 마을 사람들은 맷을 좋아하게 될 거라고 생각했어요.

팻의 생각대로 마을 사람들은 이 이야기를 열심히 집중해서 들었어요. 그리고 그 이야기에 나오는 괴물을 괴롭히는 나쁜 악당들이 본인들과 비슷하다고 생각하게 되었지요. 이야기를 듣고 미안함으로 우는 사람이 있었고, 맷을 쳐다보며 미안하다고 속삭이는 사람도 있었어요.

사람들은 교훈이 담긴 좋은 이야기의 책을 사고 싶어 했어요. 본인의 아이들이 똑같은 실수를 반복하지 않기를 바라며, 그 책을 아이들에게 계속 읽어주기를 원했지요. 책 주문이 많이 들어온 만큼 팻과 맷은 돈을 벌 수 있었어요. 그렇게 번 돈으로 팻은 엄마의 건강을 찾아주었어요. 그리고 펌핀 가족이 만든 이야기들을 맷과 함께 다시 작업하여 책으로 만들게 되었지요.

엄마가 아파서 슬펐던 팻과 괴물이라고 놀림당하던 맷은 그렇게 하여 햄스터 마을에서 유명한 이야기 작가가 되었고 마을 사람들의 사랑도 많이 받게 되었어요

못생긴 고양이

이 현 규

어느 날 아기 호랑이가 산에 버려졌다. 무늬는 호랑이 같은데 색깔은 그렇지 않은 못생긴 고양이 같았다. 그걸 본 점박이 고양이는 못생긴 새끼 호랑이를 물고 와 고양이처럼 키웠다. 하지만 생김새가 다른 호랑이는 또래 고양이들에게 고양이도 아니고 호랑이도 아닌 것이 어디서 왔냐며 괴롭힘을 당한다. 호랑이가 아닌 고양이에게 자란 호랑이는 자신이 고양이가 맞는지 의문이 들었다. "내가 정말 고양이가 맞을까..? 난 괴물인가..?"

시간이 흐르고 호랑이도 성장하면서 덩치가 다른 고양이들보다 크고 힘도 세지게 되었다. 그러나 자신을 키워준 점박이 고양이는 호랑이에게 다른 고양이를 해치면 안 된다고 누누이 말했었다. "얘야 넌 다른 고양이들보다 특별하단다. 넌 힘도 세고 덩치도 크잖니 그러나 너의 힘을 믿고 고양이들을 해치만 안된단다. 친구들이 괴롭히면 엄마에게 말하련 알겠지? 넌 엄마가 보기에 세상에 하나밖에 없는 멋진 내 아들이란다. " 호랑이가 답했다. "네.."

어느 날 괴롭힘을 당하던 호랑이는 고양이에게 다리를 물려버렸고 깜짝 놀란 호랑이는 뒷발로 고양이를 차버렸다. 그 고양이는 다리가 부러져버렸다. 자신의 행동에 놀란 호랑이는 산속으로 멀리 도망친다. 점박이 고양이는 저런 호랑이 같은 괴물을 왜 데리고 왔냐며 동네 고양이들에게 질타를 받고 동네에서 쫓겨나 강가에서 살게 된다.

산으로 도망간 호랑이는 다람쥐를 만났다. 다람쥐는 잔뜩 긴장한 체로 나무 위에서 호랑이를 물끄러미 바라보고 있었다. 호랑이가 말했다. "다람쥐야 여기 주변에 먹을 것이 좀 있니?" 다람쥐는 호랑이가 자신을 잡아먹으려는 줄 알고 호랑이에게 말했다. '너 나를 잡아먹으려고 하는 거지? 난 다 알아! 안 내려갈 거야!' 그러자 호랑이는 당황했다. '호랑이가 다람쥐에게 말했다. "난 사실 고양이 마을에서 쫓겨났어, 내가 고양이가 맞을까?" 하며 터덜터덜 나무 사이를 지나갔다. 그때 다람쥐가 말했다. "너 호랑이 아니야?" 그러자 호랑이는 "응? 내가 호랑이라고? 난 못생긴 고양이 인걸." 다람쥐는 손사래 치며 말했다. '아니야 너는 맹수 중의 맹수 호랑이라고, 넌 고양이가 아니야 도대체 왜 고양이 마을에 있던 거야?' 호랑이는 다람쥐에게 자신의 이야기를 해주었다.

  이야기를 들은 다람쥐는 자신을 안 잡아먹을 것이라 생각하고 나무에서 내려와 호랑이에게 사냥하는 방법과 뛰는 방법을 알려 주었다. 호랑이는 다람쥐의 모습이 귀여웠지만 다람쥐의 열정에 열심히 따라 하였다.

호랑이는 무섭지 않은걸??

김 가 은

옛날 어느 먼 옛날, 어떤 마을에 호랑이 한 마리가 살고 있었어요. 이 호랑이는 사람들과 친해지고 싶어하였어요. 그래서 호랑이는 사람들과 친해지려고 늘 노력하였지요. 하지만 사람들은 호랑이는 무서운 동물이라는 생각을 가지고 있어서 늘 호랑이를 피하고 다녔어요.

어떻게 하면 자신을 좋아하게 할까 고민하던 중, 호랑이는 토끼를 찾아가기로 결정했어요. 이 토끼는 사람들에게 인기가 많았거든요. 토끼를 찾고 찾아 토끼가 있는 곳에 도착한 호랑이는 토끼에게 물어보았어요. "토끼야, 너는 어떻게 해서 사람들과 친해지게 되었니?" 잠시 생각하던 그때, 토끼가 대답했어요. "나는 얼굴이 귀여워서 사람들에게 인기가 많아!, 이렇게 귀여운데 사람들에게 어떻게 인기가 없을수가 있겠어?, 그렇지 않니 호랑이야?" 호랑이가 대답했어요. "맞아, 하지만 나는 얼굴이 귀엽지가 않은걸." 호랑이가 시무룩해 하며 대답했어요.

그러자 토끼는 호랑이에게 어떻게 하면 귀여워 질 수 있는지를 알려주기로 했어요. "내가 어떻게 하면 귀여워질 수 있는지 알려줄게!" "먼저, 눈을 크게 뜨고 나처럼 초롱초롱한 눈빛을 가지고 사람들에게 다가가봐, 그러면 사람들이 너에게 관심을 줄거야. 그리고 나서 사람들이 몰려들면 이렇게 뛰는 거지" 그러자 토끼는 깡충깡충 뛰면서 호랑이에게 방법을 알려주었어요. 호랑이의 눈이 번쩍 떠지며 호랑이가 토끼에게 말했어요. "정말 이렇게 하면 사람들이 나를 좋아하게 될 수 있는 거지?" 토끼가 말했어요. "암 그렇고 말고, 당연하지!" 호랑이는 이제 사람들과 친해질 수 있다는 생각에 기뻐 토끼에게 고맙다고 말한 뒤 당근을 건네주었어요. "도와주어서 고마워 토끼야, 그럼 난 갈게~" 토끼와 인사를 나눈 호랑이는 기쁜 마음으로 자신이 살던 곳으로 돌아갔어요.

돌아가던 중 호랑이는 강가에서 놀고 있는 아이들을 발견했어요. 이때다 싶은 호랑이는 아이들에게 다가갔어요. 아이들은 호랑이를 보고 깜짝 놀라 도망가려고 하였지만 먼저 호랑이가 아이들에게 말을 걸었어요. "얘들아 나를 무서워 하지마, 나는 너희들과 정말 친해지고 싶어." 이 말을 끝낸 후, 호랑이는 토끼가 알려준 방법이 생각나 그 방법을 사용해 보기로 했어요. 토끼의 말처럼 호랑이는 눈을 번쩍뜨고 아이들 앞에서 뛰기 시작했어요. 호랑이는 생각했어요. '이제 아이들이 나를 좋아하겠지?' 하지만 호랑이의 생각과 달리 아이들은 놀라 바로 도망가버렸어요. "으아~~~~~호, 호랑이가 우릴 잡아먹으려고 해~~~~!!" 왜냐하면 호랑이의 그 모습은 마치 아이들을 잡아먹으려는 것 같았거든요.

호랑이는 아이들이 떠나자 너무 속상했어요. '나는 이제 정말 사람들과 친해질 수 없는 건가?' 호랑이가 속상해하던 그 때, 그 상황을 지켜보고 있던 꾀 많은 여우가 호랑이에게 다가갔어요. 그리고, 호랑이에게 말을 걸었어요. "호랑이야, 왜 그러고 있니?" 그러자 호랑이가 대답했어요. "분명히 토끼가 하라는 대로 했는데 아이들이 도망가버렸어, 나는 더 이상 사람들과 친해질 수 없나봐." 그 말을 들은 여우는 호랑이를 도와주는 척하기로 하고 호랑이에게 장난을 치기로 하였어요. 왜냐하면 여우는 토끼가 호랑이를 도와준 후 당근을 받았다는 것을 들었기 때문이었죠.

그래서 여우는 호랑이에게 도와주겠다고 말하였어요. 그대신 조건을 걸었어요. "그래 내가 도와줄게, 대신 내가 도와주면 너는 나에게 먼저 한 달치 산딸기와 풀을 줘." 호랑이는 잠시 고민했지만 사람들과 친해지고 싶었기 때문에 알겠다고 하였어요. "알겠어 여우야." 여우가 웃으면서 말했어요. "좋아, 그럼 날 따라와봐." 여우는 호랑이를 데리고 먼저 산딸기와 풀을 찾으러 갔어요.

얼마나 지났을까 여우는 호랑이를 한 집 앞, 산딸기가 있는 큰 나무에 데리고 갔어요. 그리고는 여우가 말했어요. "호랑아, 너가 먼저 여기 있는 산딸기와 풀을 주면 내가 너를 도와줄게." 의심하지 않았던 호랑이는 알겠다고 하며 나무에 있는 모든 산딸기를 따고 풀을 뜯은 뒤에 여우에게 주었어요. "자, 여우야 여기있어. 이제 나를 도와줄거지?" 호랑이가 여우에게 말을 하며 산딸기와 풀을 건네준 순간 갑자기, 나무를 벤 후 집으로 돌아오고 있던 할아버지가 호랑이와 여우를 보고는 달려왔어요.

"지금 거기서 뭣들 하는 게야?" 사실 그 나무는 주인이 있는 나무였어요. 여우는 항상 나무를 탐내고 있었는데 마침 호랑이를 이용해 나무에 있는 산딸기와 풀을 가져와야겠다고 생각한 것이었죠. 할아버지가 달려오는 순간, 금새 여우는 산딸기와 풀을 가지고 도망가버렸어요. 그 때 달려온 할아버지가 호랑이를 보고 놀라 소리쳤어요. "호…호, 호랑이다!! 으아~~~~!!" 호랑이는 할아버지께 상황을 설명하려고 하였지만 할아버지는 호랑이가 무서웠기 때문에 호랑이를 쫓아내려고만 하였어요. 결국 호랑이는 아무 말도 하지 못한 채, 돌아올 수 밖에 없었어요. 그리고는 자신을 속였다는 사실을 알고 분하고 속상했지만 호랑이는 아무것도 할 수가 없었어요.

그리고 며칠뒤, 호랑이는 산딸기 사건으로 인해 오해를 받게 되었고 그 소문은 점점 마을에 퍼지기 시작하였어요. 심지어 마을 사또는 호랑이를 잡는다는 공고를 내리게 되었지요. 이 사실을 알게된 호랑이는 억울하고 속상했어요. 그래서 다시는 사람들과 친해지지 않기로 다짐하며 동굴에서 살기로 결정했어요. 마을에 더 이상 호랑이가 보이지 않자 사람들도 점점 그 사건을 잊어버리게 되었고 안심하며 살아가고 있었어요.

그러던 어느 날, 얼마나 지났을까 마을에서 한 아이가 실종되었어요. 그 아이는 산딸기 나무 주인 할아버지의 손자였어요. 할아버지는 제일 소중한 손자가 없어진 사실 때문에 엄청 슬퍼하셨어요. 이 일로 온 마을이 들썩거리게 되었고, 모두들 할아버지를 도와드리기로 하고 함께 아이를 찾아 다니고 있었죠. 그 때, 할아버지는 생각했어요. '혹시 그 때 산딸기를 훔쳤던 호랑이가 우리 손자를 데려간 것 아니야?' 그리고는 할아버지는 사또에게 가서 말하였어요. "사또, 며칠 전에 우리 집 산딸기를 훔쳤던 호랑이가 아이를 잡아간 것 같아요." 이 말을 들은 사또는 이 호랑이를 잡으면 상금을 준다는 공고를 내리라고 명령했어요. 이제는 온 마을 사람들이 호랑이를 잡으려고 하였어요.

한 편, 동굴에서 지내던 호랑이는 안에서만 지내다보니 답답하여 밖을 나와 산을 어슬렁 거리고 있었어요. 그 때 어디선가 우는 아이의 목소리를 듣게 되었어요.

" 으아아앙" 호랑이는 그 소리를 듣고 소리가 나는 쪽으로 걸어갔어요. 아이를 발견한 호랑이는 아이에게 물었어요. " 아이야, 왜 울고 있니?, 걱정마 나는 너를 잡아먹지 않을거야." 아이가 호랑이를 보고 잠시 놀랐지만 잡아먹지 않는다는 말에 울음을 그치면서 대답했어요. "흑, 나,나는 산에 예쁜 꽃이 있다고 해서 그 꽃을 보러 왔어. 그런데 꽃을 찾으려다 그만 길을 잃고 말았어." 이에 호랑이는 아이를 데려다 주어야겠다고 생각하였지만 고민이 들었어요. 왜냐하면 자신이 사람들에게 또 다시 오해를 받을 것 같았기 때문이었죠. 하지만 호랑이는 자신보다 아이가 더 걱정이 되었기 때문에 아이를 데려다 주기로 결심했어요. 호랑이가 말했어요. "걱정마, 내가 널 집까지 데려다줄게." 이 말을 한 후 호랑이는 산 바로 밑까지 내려가 아이를 데려다 주었어요.

얼마나 지났을까 마을 입구에 거의 다다르자 호랑이는 아이에게 물었어요. "여기서부터는 혼자 갈 수 있니? 내가 마을에는 들어갈 수가 없거든." 아이가 대답했어요. "응 갈 수 있어. 길을 알거든. 고마워 호랑아 넌 정말 착하고 좋은 호랑이야." 이에 호랑이는 기뻤어요. 처음으로 사람이 자신에게 좋은 호랑이라고 해주었기 때문이었죠. 그리고는 기쁜 목소리로 호랑이가 말했어요. "고마워, 너도 정말 착한 아이야." 그러고는 부끄럽다는 듯이 호랑이는 또 다시 말했어요. "나와 친구가 되어줄 수 있니?" 아이가 웃으며 대답했어요. "좋아, 나도 호랑이 너 같은 친구가 있으면 좋겠어. 사실은 내가 몸이 아파서 밖에 나가지 못하였다가 할아버지 몰래 밖을 나온 거거든. 그래서 나도 친구가 생기면 좋겠다고 생각했어." 이에 호랑이는 자신도 사실 사람과 친해지고 싶었던 이야기와 토끼와 여우와 함께 있었던 일들을 들려주었어요.

아이가 말했어요. "여우 정말 너무해! 그런데 호랑이야, 사람들이 너의 모습만 보고 무서워한다고 해서 속상해 하지마. 나도 친구들이 내가 아프다는 것 때문에 같이 놀지 않아서 처음에는 속상하였어. 하지만 할아버지는 나한테 나는 세상에서 제일 멋진 사람이라고 해 주셨어. 그래서 이제는 속상하지 않아. 이제부터 우리 둘이서 친구하자!" 호랑이는 아이의 말을 들으며 이때까지 힘들었던 마음을 위로받았어요. 아이에게 정말 고맙다는 생각이 들었죠. "고마워 아이야. 나도 이제부터 나를 더 사랑할게. 그리고 친구해주어서 고마워!" 그렇게 호랑이와 아이는 서로 인사를 한 후 헤어졌어요.

헤어진 뒤 아이가 마을에 도착하자 할아버지는 아이를 발견하더니 달려와 울며 아이에게 말했어요. 그리고 마침내 마을 사람들도 몰려왔어요. "얘야 어디 갔다가 왔었니, 이 할애비가 얼마나 걱정했는데." 아이가 대답했어요. "죄송해요. 산을 너무 가고 싶어서 산에 갔는데 그만 길을 잃어버렸어요." 할아버지가 말했어요. "그런데 길을 잃었는데 어떻게 다시 돌아온거니? 할아버지는 호랑이가 널 잡아간 줄 알았어." 아이가 대답했어요. "호랑이는 절 잡아간 게 아니라 저를 마을입구까지 데려다 주었어요. 아! 그리고 할아버지 사실 산딸기를 가져간건 호랑이가 아니라 여우였어요. 여우가 호랑이를 속여서 시킨 거예요!" 이 말을 들은 마을 사람들은 수군거렸어요.

"아니 그럼 우리가 호랑이를 오해한거였어?" 할아버지도 놀라며 아이에게 말했어요. "어떡하니, 우리가 괜히 호랑이를 오해하고 있었구나. 사또에게 가서 이 사실을 알리자꾸나." 그리고는 사또에게 가 사실을 설명하였어요.

이에 사또는 호랑이를 잡으라는 공고를 없애라고 명령하였고 다른 공고를 내렸어요. "호랑이가 아니라 호랑이를 속인 여우를 잡도록 하여라~~!!" 이 소문은 금세 퍼져 나갔고 호랑이를 도와주었던 토끼의 귀에까지 전달되었어요. 토끼는 이 사실을 모르고 있을 호랑이를 찾아 갔어요. 찾고 또 찾아 호랑이를 발견한 토끼는 호랑이에게 이 사실을 알려주었어요. 그리고는 호랑이에게 마을로 다시 돌아가라고 하였죠. "이제 사람들은 너를 무서운 호랑이가 아닌 착한 호랑이라고 생각하고 있어. 그러니 빨리 내려와!" 토끼는 말을 전달해준 후 자신의 집으로 다시 돌아갔어요. 이에 호랑이는 생각했어요. '정말 내가 가도 사람들이 좋아해줄까?' 잠시 걱정이 들었지만 아이가 자신에게 해준말을 생각하며 마을로 돌아가기로 하였어요. 갈 채비를 마친 호랑이는 기쁨과 걱정을 함께 가지고 마을로 출발했어요.

그 날 저녁 드디어 호랑이가 마을에 도착했어요. 호랑이를 발견한 마을 사람들은 조금은 무서웠지만 호랑이가 착하다는 사실을 알았기 때문에 호랑이를 반겨주었어요. "호랑이야 정말 잘 왔어. 그동안 오해해서 미안해." 그렇게 인사를 나누고 있던 그 때, 아이가 나타났어요. 호랑이를 발견하고는 기뻐하였죠. 마침 옆에 계시던 아이의 할아버지도 호랑이에게 말하였어요. "호랑아 미안하구나 내가 괜히 널 오해했어. 그리고 아이를 마을까지 데려다 주었다면서? 고맙구나." 호랑이가 대답했어요. "아니에요 할아버지 전 괜찮은 걸요. 모두들 반겨주어서 감사합니다." 호랑이는 정말 행복하다는 듯이 말하였어요. 그동안 힘들었던 일이 이제는 힘든일이 아니라 더 기쁜일이 되었다는 것을 알게 되었기 때문이었죠. 할아버지는 호랑이에게 다시 말하였어요. "호랑아 우리 마을에서 살지 않으련? 우리집에서 지내자꾸나." 그러자 옆에서 아이도 할아버지의 말에 맞장구를 치며 같이 살자고 하였어요. "그래, 함께 살자 호랑이야!" 호랑이가 대답했어요. "정말 그래도 되나요? 감사합니다 할아버지. 그리고 고마워 아이야!" 할아버지와 아이와 호랑이, 그리고 마을 사람들까지 하하 호호 웃으며 저녁을 맞이하였어요.

그때 마침 한 청년이 저 멀리서 달려오며 한 소식을 전해주었어요. "여러분~~그 산딸기를 훔치라고 시켰던 여우가 잡혔답니다! 훔쳤던 산딸기를 3배 더 주기로 하였답니다. 그리고 그것뿐만 아니라 여우는 이제 평생 동안 마을의 모든 나무를 가꾸는 벌을 받았다고 해요." 이 말을 듣고 호랑이는 생각했어요. '그래 맞아, 남을 속이면 반드시 벌을 받게 되어있지. 이 벌을 통해 속이는 것은 나쁜 것임을 여우가 배웠으면 좋겠어' 그리고는 아이와 할아버지에게 말했어요. "아이야 이제 집에 가자. 그리고 할아버지, 이제 산에서 나무를 베는 일은 제가 도와드릴게요. 할아버지는 집에서 쉬세요." 아이와 할아버지가 대답했어요. "그래 호랑이야!", "고맙구나."

그렇게 오해가 풀리게 된 호랑이는 나무를 베면서 아이와 할아버지와 함께 행복하게 살았답니다.

찬이의 열정

서 은 솔

찬이는 초등학생 3학년입니다. 얼마 전에 생일이 지나서 진짜 3학년이 됐지요. 찬이는 오늘도 학교가 끝나자 마자 어김없이 운동장으로 나가, 반 친구들과 축구를 하지요.

"찬아! 이번에는 꼭 우리 팀 해야 된다!"

찬이는 축구 팀에서 언제나 모두가 환영하는 아이에요. 찬이가 가는 팀이 언제나 우승하지요. 찬이는 운동이란 운동은 다 재밌고, 자신있어요. 하지만, 그중에서도 달리기와 축구가 가장 좋지요.

어느 날, 찬이의 반에 승우라는 남자아이가 전학을 왔어요. 승우는 키도 커서 찬이 만큼이나 잘 달릴 것 같았어요. 찬이는 여자애들과 남자애들이 승우를 보고 멋있다고 하자, 심통이 났어요. 다음

날, 찬이는 승우와 축구를 했어요. 젖 먹던 힘까지 다 냈지만, 결국 4:3 으로 져 버렸어요. 그 뒤로, 찬이는 시무룩하게 학교 생활을 해 나갔지요.

"애들아~! 이번 주 금요일에 운동회가 있으니 잘 준비하렴! 우리 반이 아닌 다른 반과 팀이 될 수도 있으니 잘 연습하렴! 응원 팀은 내일부터 학교 끝나면 체육관에서 연습하도록~! 그럼 오늘은 이만! 반장!"

"차렷! 선생님께 인사! … …

반장이 뭐라고 더 말한 것 같았지만, 찬이에겐 아무것도 들리지 않았어요. 오직 운동회에만 집중했죠.

'운동회? 다른 반 이랑 팀이 될 수 있다고?'

찬이의 심장이 쿵쾅 거렸어요. '지금이 기회야! 이승우를 이겨낼 기회!

그날부터 찬이는 오직 달리기 연습에만 집중했어요. 이번에는 꼭 승우를 이기고 싶었죠. 매일 매일 운동장에서 뛰다 보니, 친구들과 축구 할 때가 그리웠어요. 혼자 뛰면서 승우와 축구하는 친구들을 보자, 질투심과 외로운 감정이 올라왔어요. 하지만, 찬이는 그러면 서도 열심히 달렸지요.

수요일에 찬이의 아버지가 찬이가 달리는 것을 보고 말했어요.

"찬아, 다른 것을 보면서 달리지 말거라. 앞만 보고 달리는 게 달리기에 집중 할 수 있는 가장 좋은 방법이란다."

찬이의 머릿속에는 이제 오직 그 말밖에 안 들어있었어요. 찬이는 그게 세상에서 가장 멋진 말 같았어요.

드디어 기다리고 기다리던 운동회 였어요. 찬이는 정말 긴장 되었죠. 찬이는 원했던 것 같이 승우와 경쟁하는 팀이었어요. 찬이의 차례가 오자, 찬이는 떨렸어요.

"박찬!박찬!박찬!"

찬이의 팀이 소리쳤어요. 찬이는 용기가 났어요. 경기가 시작됐어요. 승우와 찬이는 막상막하였어요. 찬이의 머릿속에서는 계속 앞만 보고 뛰라고 했어요.

찬이가 점점 더 빨라 지더니, 19초 간격으로 찬이가 경기를 이겼어요. 승우는 자기가 졌어도 기분을 나빠 하지는 않았어요. 그 모습을 보고는 찬이가 본받아야겠다고 생각 했죠. 하지만, 지금은 승리의 쾌감을 느낄 시간이었어요. 찬이는 운동회가 끝나자마자 승우와 악수를 했어요. 이제부터는, 승우와도 멋진 친구가 되길 결심했거든요!

모진 원석

양다인

밤이 짙어질 때마다 빛 한 점 들어오지 않는 아주 캄캄한 마을 바깥쪽에, 아름다운 보석들이 널린 신비로운 바다가 있었습니다. 그 보석이 있는 바다는 낮엔 자신의 자태를 각기 뽐내기라도 하듯 빛나고 있지만, 해가 없는 밤이 되면 언제 그랬냐는 듯 빛은 사라지고 없어졌습니다.

사람들은 그 바다를 보석 바다라고 불렀죠. 알록달록 자신의 모습을 비추는 투명하고 아름다운 보석들 사이에 울퉁불퉁 모진 원석도 바다에 함께 있었습니다. 투박한 모양의 원석은 아름답지 않은 모양답게 사람들의 눈길조차 끌 수 없었습니다. 하나이기 때문에 더 돋보일 것만 같았지만, 다른 빛나는 보석들에 묻혀 자신의 존재를

드러낼 수가 없었습니다.

그러던 어느 날, 흰머리가 희끗한 한 노인이 보석 바다를 천천히 걷기 시작했습니다. 그러던 중, 노인은 수많은 보석이 아닌 모진 원석에게 서서히 몸을 기울이곤, 원석을 뚫어지게 바라보았습니다. "너도 나처럼 여러 세월을 거치며 너만의 빛을 잃어버린 거니? 나도 어느새 빛을 잃은 너처럼 이렇게 쓸쓸하게 혼자 남았구나. 나의 남은 여생 동안 나만의 보석이 되어주겠니?"

노인은 옅게 미소를 지으며, 돌을 품에 안고 집으로 돌아왔습니다. 노인은 원석을 창이 가장 잘 드는 베갯머리 옆에 두었지요. 어느새 해가 뉘엿뉘엿 지고, 노인이 잠자리에 들려고 하는 찰나, 보석에게서 광란한 빛이 나오고 곧 방을 가득 채우기 시작했습니다. 어둠으로 드리워진 노인의 공간을 원석은 마치 밤하늘의 달처럼 빛으로 가득 채우고 있던 것입니다. 노인은 생전 처음 보는 티끌 없는 밝은 빛에 넋을 놓고 바라보았습니다. 노인이 감탄을 금치 못하며 말하였습니다. " 네 진가를 알아보기 전엔 그저 스쳐 지나가는 돌이었을지 모르겠다만, 자세히 보니 너는 그 무엇보다도 빛나는 너만의 찬란함을 가지고 그 자리에 머물고 있었구나 ". 노인은 생각하였습니다. 그리고 곧 노인은 밖으로 나가, 어둠이 깔린 사람들의 집에서 나는 소리를 귀 기울이기 시작했습니다. 쨍그랑! 노인이 화들짝 놀라, 소리가 난 집으로 발걸음을 옮겼습니다.

몸이 불편하여 평소 거동이 불편했던 아이가 앞이 보이지 않아 들고 있던 유리잔을 손에서 놓쳐버린 탓에 아이가 다치고 말았던 것입니다. 그 상황을 계기로 다음날, 노인은 불이 들어오지 않아 어둠 속에서 살아가야만 하는 가난한 사람들에게 원석을 조금씩 나누어주기로 마음먹었습니다.

하지만 문제가 있었습니다. '누구에게 더 큰 원석 조각을 주어야 하나?' 같은 크기의 조각으로 쪼개어질 수 없었기에 노인은 일단 아이가 있는 집에 조금 더 큰 조각을 주고, 어른만 있는 집엔 보다 작은 조각을 나눠주었습니다.

노인의 기대와는 다르게 작은 조각을 가진 어른들은 불만을 토로해 내기 시작하였습니다. "왜 내가 작은 조각을 가져야만 하지? 우리도 더 밝은 빛을 가져야만 되겠어!" 하며 서로 싸우기 시작하였습니다.

그러던 중, 한 지혜로운 청년이 노인을 찾아와 이렇게 말하였습니다.
"어르신, 사람들의 원석 조각들을 모아 마을의 중심이 되는 곳에 모든 빛을 모아두면 어떨까요?".
"젊은이, 하지만 사람들이 쉽게 내어줄까?"
청년은 자신 있다는 듯 미소를 지으며 "제가 사람들을 만나 설득해 보겠습니다. 시간이 조금 걸리고 힘들겠지만 모두가 지금의 과정이 좋지 않다는 것을 알고 있을 것입니다. 좋은 소식을 가지고 오겠습니다."

며칠 뒤, 청년은 노인을 다시 찾아왔습니다. "어르신, 밖으로 나와보시지 않겠습니까?" 노인은 어리둥절해 하며 청년을 따라 나섰습니다. 문 앞을 나선 노인은 아무 말 없이 밖을 한참 동안 바라보았습니다. 조각조각 나누어진 원석들이 하나로 모여 마치 낮의 보석 바다를 옮겨놓은 것보다 더큰 빛을 내고 있었습니다. 사람들의 양보하는 마음과 타협하는 마음이 마을에서 가장 빛나는 빛을 만들어낸 것입니다. 더 이상 밤이 두렵지 않은 이 마을엔 해가 저문 뒤에도 웃음이 끊이지 않았습니다.

벨루가

강다연

나는 떠돌이 고래였어. 왜 떠돌이 고래였냐고? 그럼 내 이야기를 들려 줄게.

나는 어렸을 때는 내 무리 랑 같이 살았어. 내 고래 친구들 이랑 술래잡기도 하고 물고기 사냥도 같이 하고 고래들 만이 알아들을 수 있는 초음파로 노래도 불렀어. 나도 가족이 있었어. 우리들은 무리로서 정말 행복한 날들을 보내고 있었어. 하지만 행복이 끝까지 가지는 않았어. 우리들은 평소처럼 같이 시간을 보내고 있었어.

그런데 멀리서 큰 무엇인가가 다가 왔어. 우리는 뭔 지 의문이 들었지만, 원래도 가끔씩 그런 것들이 지나가서 별로 신경을 안 썼어. 하지만, 그 때의 우리에 행동이 무책임했어. 나에게 소중한 무리가 죽는 것은 순식간 이였어. 그 배는 우리 무리의 고래들을 아주 큰 그물로 묶어 놓고 죽이기 시작 했어 우리들은 당황했지만 탈출 할 수 있는 방법이 없었어. 나는 그 때 깊은 곳에서 놀고 있었지만 나머지 고래들은 아니었어. 내 부모님과 내가 가족 처럼 항상 생각하던 무리에 다른 고래들도 다 잡혀 가서 죽었어.

나는 그 때 무리에 있는 고래들이 하나하나 죽어가는 것을 눈 앞에서 볼 수 밖에 없었지, 그 때 내가 도와줬다면 뭐가 달라졌을까, 라고 생각하기도 해. 지금 알고 보니 그 때 그 배는 고래 사냥을 하는 배였어. 그렇게 나는 순식간에 떠돌이 고래가 된 거야. 나는 그 때는 당황했고 슬펐어. 그리고 우리는 무리 생활을 하고 나는 어렸기 때문에 우리 부모님을 따라 다니면서 지냈기 때문에, 이제 그들이 없으니, 내가 뭘 어떻게 해야 되고 내가 어디서 있을지가 의문이 들었어.

그래서 바다를 떠돌아 다녔지. 그래도 나는 용기를 내보고 다른 무리를 합류하기를 바랬어. 처음에는 돌고래 무리에 가봤어. 나는 혹시 같이 지내도 되냐 고 물어봤어, 하지만, 돌고래 무리는 나는 느리고 몸집이 또래 돌고래들의 두배라고 놀리면서 나를 거절 했어. 나는 그 때의 상처를 벗어나지 못하고 혼자서 바다를 몇 년 동안 돌아다녔어.

다행히, 그 몇 년 동안 지나가는 바다 동물들에게 도움을 받으면서 자랐어. 특히 옛날에 늙은 바다 거북 할아버지가 나를 도와 주시고 가끔씩 해파리 가족한테도 도움을 받았어. 그래도, 위험할 때도 있었어, 그 대왕 오징어 랑 결투를 벌이다가 겨우 벗어나기도 했고, 상어 에게 쫓기다가 죽을 뻔 한 적도 있었어, 그 때는 지나가던 문어 할아버지한테 도움을 받아서 목숨을 구했지.

그렇게 10년 동안이나 살았어. 그런데, 가족과 무리가 없이 사는 것은 쉽지가 않았어, 내가 도움을 받으면서 지냈어도… 항상 행복한 가족과 무리들을 보면 마음 한 곳이 허전했어. 그래서 생각을 깊이 해서 결국 옛날에 있었던 상처를 잊고, 새로운 무리를 찾아가기로 마음을 먹었어.

그렇게 나의 또 다른 인생의 부분이 시작 됐지. 나는 이번에는 포기하지 않고 나에게 받아줄 수 있는 무리를 찾아 떠났어. 처음으로는 나에게 착했던 범고래 무리를 찾아갔어. 하지만, 그들은 내가 너무 빠르지 않고 사냥도 빠르고 잘 못해서 나를 거절 했지. 그 때의 트라우마가 떠올랐지만, 나는 포기 하긴 너무 늦었다고 생각 했어. 이번에는 나를 위해서 누가 뭐라 그러던, 나를 진심으로 아끼고 나를 받아드릴 수 있는 무리를 찾겠다고 결심 했어.

하지만, 인생이 그런것처럼 쉽지는 않았어. 나는 많이 거절 받았고, 놀림도 받았지. 하지만, 옛날 처 럼 나를 원망하진 않았지. 옛날에는 나는 왜 이렇게 태어났고 왜 이런 능력을 갖고 있는가, 그런 생각을 하면서 내가 너무 싫어 졌어. 하지만, 이제는 그렇진 않아. 내 자신이 이렇게 태어난 것이 자랑스러워, 그리고 오히려 그런 말을 들을 때 마다 그런 말들이 나의 목표를 위한 내 마음 가짐을 더 강하게 만들어줬어. 그래서 나는 포기하지 않았어.

그렇게 열심히 나를 받아줄 수 있는 무리를 찾던 어느 날이었어. 나는 벨루가 무리를 만났어. 그들은 나를 공손한 태도로 못 받아준다고 말했어. 나는 또 실망을 하고 다른 데로 갈려고 하는 중이었어. 그 때 멀리서 벨루가 무리를 쳐다보는 벨루가를 봤어.

나는 벨루가 한테 다가가서 물어봤어. "왜 무리 랑 떨어져서 지켜보고 있어?". 벨루가는 답했다, "나는 내 무리한테서 버림을 받았어. 나는 내 또래들 보다 훨씬 크기가 작고 수영하는 것도 느려. 어떻게는 노력을 해봤는데, 결국은 안돼서 무리에서 쫓겨났어.". 나는 벨루가의 마음을 알 것 같았어. 왜냐면 나도 그런 감정들이 있었거든. 그래서 나랑 같이 새로운 무리를 찾자고 제안 했어. 벨루가는 행복하고 고마워하면서 그렇게 하기로 했어. 그래서 우리는 무리를 찾았냐고? 아니, 우리는 결국 거의 다 가보고 물어봤어. 하지만, 우리는 이제는 아쉽지는 않아. 우리는 서로가 있으니까, 이제 무리가 필요 없다고 느꼈어.

결국 나는 나를 나 그 대로 인정하고 받아드릴 수 있는 동물들과 같이 지내는 것을 바랬지. 그리고 벨루가는 나를 나로 인정하고 좋아해주니까, 굳이 다른 무리를 찾아야 된다고 생각이 안들어. 우리는 같이 지낸 지가 벌써 5년이 다 되어가. 그래서 우리는 지금도 서로 곁에 있으면서 바다를 같이 여행하고 있어.

이게 지금 까지의 내 이야기야.

알포의 모험

김 아 인 글 그림

  옛날 옛날에 알포와 알포의 언니 알톤이 살았어요. 그런데 어느
날 알포 알톤은 엄마가 사라졌다는 걸 알고 집을 나섰어요.

  아주 멀리 정글 숲으로요. 거기엔 득실득실한 괴물들이 많았어요.
무서움에 벌벌 떠는 알포는 정글 숲에서 집으로 올라갈 수 있는 절
벽을 봤어요. 알포와 알토는 절벽을 올라가고 있었어요.

그런데 갑자기 알포가 미끄러져서 정글 숲으로 떨어졌어요. 그래서 알토는 끝까지 올라가 알포한테 밧줄을 내렸어요. 알파는 그 밧줄을 타고 올라갔어요.

알포와 알토는 앞으로 가고 있었는데 갑자기 표범이 나타났어요.
퀴즈를 냈어요. 표범이 "오이의 나이는?" 하고 퀴즈를 냈어요.

알포가 정답을 말했어요. 알포가 "정답 52살"이라고 하자 표범이
딩동댕이라고 말하자 앞을 지나갔어요.

퀴즈를 다 맞히고 앞으로 가고 있는데 또 장애물이 나와 길을 가로막고 있었어요. 그것도 두 번이나 장애물을 지나가야 했지요.

첫 번째 장애물은 평상시에 집에서도 많이 해봐서 쉬웠지만 두 번째 장애물은 조금 어려웠어요. 하지만 그래도 어떻게 가야 할까 생각해서 겨우겨우 지나갔어요.

 퀴즈와 장애물을 통과하고 이번에는 제일 중요한 미션, 그건 바로 색깔 맞추기 게임이었어요. 색깔과 퀴즈를 내는 동물은 바로 호랑이였어요. 만약에 통과를 못하면 호랑이한테 잡아먹힌다는 소문이 많았어요.

그래도 할 수 없이 알포 알톤은 퀴즈를 맞춰야 맞춰야 했어요. 첫
번째 문제는 간신히 맞추고 두 번째를 풀어야 했죠. 두 번째 퀴즈
도 간신히 맞췄어요.

드디어 알파와 알톤이 엄마를 만나게 되었어요. 엄마를 다시 만난
기념으로 파티를 했어요. 불꽃 놀이도 하고 엄마에게 선물도 드렸
어요.

　파티가 끝나고 난 다음엔 엄마가 맛있는 밥을 해 주신 다음 또 재미있는 tv 채널도 봤어요.

　그리고 모두 행복하게 살았답니다. 끝

2장

함께 해서 행복한 세상

나눔

배 려

호랑이가 떡 먹던 아주 먼 옛날에 한 빈민촌이 있었다. 그 빈민 촌에는 여러 초가집이 있었지만 한 집은 유난 특이한 집안 사정을 가지고 있었다. 어머니와 아버지는 돌아가셔서 할머니와 한 꼬마 아이가 같이 살게 된 것이다. 할머니와 꼬마 아이는 너무나도 서로 안 맞아서 항상 싸우기만 했다. 그렇게 아주 불쌍한 삶을 살다 할 머니까지 아파버립니다.

꼬마 아이는 그제서야 심각성을 알고 약으로 쓸 때 아주 좋다는 나뭇잎 하나를 저 높은 산 위로 올라가 찾기로 결심합니다. 하지만 한 가지 문제는 그 나뭇잎은 찾기가 아주 어렵다는 것이었습니다. 하지만 무어라도 해봐야 했던 꼬마 아이는 마음을 굳게 먹었습니다. 그렇게 산을 아무 장비나 도구도 없이 오르면서 힘듦을 느낀 아이는 잠깐 쉬려고 한 것을 6시간을 쉬어버려서 밤에 깼다. 밤에 빛도 없어 오르기 힘들었지만 할머니를 생각하며 올랐다.

그렇게 올라가고 있었는데 갑자기 빛이 보여 그 쪽으로 온 힘을 다해 뛰었다. 꼬마아이는 도착하였을 때 사람을 보고 너무나도 기뻐 눈물을 보였습니다. 그 남자는 전등을 들고 산을 오르고 있는 것 같았습니다. 꼬마아이는 그 남자한테 물어봤습니다. "어디 가시나요?" 그 남자는 약재로 쓰이는 나뭇잎을 찾고 있다고 했다. 꼬마아이가 찾는것이랑 똑같은 거였지요.

그래서 둘이 같이 나뭇잎을 찾기로 하고 아침에 다시 출발했습니다. 중간에 뱀도 만나고 호랑이도 만났지만 그 남자가 해치워 주었습니다. 그렇게 꼬마는 그 남자한테만 등을 지고 있었지만 얼마 지나지 않아 드디어 남자가 폭발했습니다. 그 남자는 아이를 버리고 그냥 가버렸습니다.

하지만 아이는 무슨 일인지 알아채지 못하고 다시 혼자 길을 걷게 됩니다. 아이는 혼자 걸으면서 왜 그 남자가 자길 버리고 갔는지 생각을 골똘히 했습니다. 한편, 그 남자도 혼자서 외롭게 걷고 있었습니다. 하지만 때마침 그 남자는 이상한 나무를 찾았습니다. 그 나무는 그 남자가 찾고 있었던 나뭇잎이 달려있는 나무 같았지만 그 나무 에는 나뭇잎이 단 하나 밖에 있지 않았습니다. 남자는 꼬마 아이를 생각하며 그 하나 남은 나뭇잎을 어떡해 해야 할까 고민했습니다. 마음씨 고은 남자는 아이의 형편도 생각하고 있었던 것입니다.

남자는 곧바로 아이를 다시 찾으려 산을 내려가기 시작했습니다. 꼬마아이도 자기가 무슨 일을 잘못했는지 알아냈듯이 남자를 만나로 산 위로 달리기 시작했습니다. 둘은 곧장 다시 만나게 되었고 남자는 꼬마아이를 버리고 간 것을 사과합니다. 하지만 아이는 이렇게 말했습니다. "어떻게 당신 잘못일 수 있습니까? 너무 당신에게 기대서 당신을 힘들게 만든 제 잘못이지요." 남자는 꼬마아이가 잘못을 인정한 것에 감동했고 용서를 해줬습니다. 하지만 둘에게 하나의 나뭇잎 밖에 남아있지 않았습니다. 반으로 나누면 제대로 효과가 나지 않을 것이고 한 명만 가지면 둘 중 한 명만 치료 될수있으니 고민할 문제가 당연했습니다. 그때, 갑자기 아이는 소리를 지르며 어떤 곳으로 달려갔습니다. 남자도 따라가보니 그 약재 나뭇잎 하나가 땅에 떡하니 떨어져 있는게 아니겠습니까.

그렇게 둘다 나뭇잎 하나씩 갖게 되었지만 산을 내려가는 도중, 남자가 갑자기 쓰러졌습니다. 아이는 남자가 자길 도와준 것을 기억하며 온 힘을 다해 남자를 들어 마을까지 데려다 줬습니다. 남자는 그제서야 정신을 차렸고 아이에게 감사를 표현하고 자기 집으로 갔습니다. 그렇게 남자와 아이의 할머니는 치료가 되고 친구로서 같이 잘 살았답니다.

무지개 다리

이 예 은

비가 주룩주룩 내리는 어느 날, 어떤 집에서는 남매끼리 싸움을 하고 있었어요.

"나도 갖고 놀고 싶다고!!!", "안돼! 내꺼잖아!!!" 동생이 오빠의 장난감을 탐내고 있었던 것 이었죠. 오빠는 자신의 장난감을 함부로 대하는 것이 싫었고, 동생은 오빠의 장난감을 한번만이라도 갖고 놀고 싶었던 거에요. 하지만 오빠는 허락을 해주지 않았지요. 그러다가 결국... 장난감이 부셔지고 말았어요.

"어떡해...", "이거 어떻게 할거야!! 다 부셔버렸잖아!!"

둘은 서로 기분이 나빠진 채 자신의 방으로 들어갔어요.

그리고 얼마 뒤, 비가 그치고 햇빛이 쨍쨍하게 비쳤어요. 오빠는 방을 나와 창 밖을 바라 보았지요. 저기 무지개가 보였어요.

'우와~! 나도 무지개를 건널 수 있으면 너무 좋겠다!' 그리고 오빠는 집 밖을 나가보았어요. 그랬더니 글쎄 무지개다리가 하늘까지 이어져 있는 게 아니겠어요? 오빠는 너무 신기해 무지개 다리를 올라가 보았어요. "정말 너무 신기하잖아!" 오빠는 드디어 무지개다리 끝에 도착을 했어요. 그런데 저 멀리 자신의 장난감과 똑같이 생긴 새 장난감이 있는 것이 아니겠어요? 오빠는 당장 달려가 장난감을 집었어요.

"이거 내 꺼랑 똑같잖아! 너무 좋아!!" 너무 신이 난 나머지 오빠는 열심히 장난감을 갖고 놀았죠. 그러자 결국... 떨어뜨리고 말았어요. "어떡하지?"

그때 장난감 주인이 나타났어요.

"혹시 이거 갖고 놀았어?" 오빠는 고개를 숙이며 어쩔 줄 몰라 하였어요. "괜찮아, 그럴수도 있지" 오빠는 깜짝 놀랐어요. 자신이 잘못을 했음에도 불구하고 오히려 자신을 다독여주는 것 이었죠.

"사실 내가 장난감을 망가뜨렸어, 정말 미안해." 오빠는 솔직하게 털어 놓았어요. 그러자 "장난감은 다시 고치면 돼, 다음부터는 조심해주었으면 좋겠어."라고 말해주었지요. "응, 고마워" 이렇게 오빠는 용서를 받고 집으로 다시 내려가기로 하였지요.

오빠는 걸어가는 내내 생각이 들었어요. '내가 동생한테 너무 심했던 것은 아닌가?' 그때 "잠깐!! 내가 줄 것이 있어" 장난감 주인이 와서 무언가를 건넸어요. 바로 무지개 이불이었어요.

"이 이불은 다른 사람의 상처를 덮어주는 이불이야, 따뜻함을 전해줄 수 있지.", "응, 너무 고마워" 오빠는 무지개이불을 갖고 무지개 다리를 내려오기 시작했어요.

집에 다 도착하였을 때에는 어두운 밤이었지요. 오빠는 조심스럽게 집 안으로 들어와 동생에게 갔어요. 동생은 곤히 잠 들어 있었지요. 오빠는 동생에게 무지개이불을 덮어주며 "괜찮아, 그럴수도 있지." 하고 동생을 용서해 주었죠.

나눔 체험

김 정 현

아루는 오늘도 학교에 가려고 준비를 하고 집을 나왔어요. 오늘은 학교에서 체험을 하는 날이었어서 아루의 기분이 좋았어요.

교실에 도착하고 자리의 앉은 아루는 무슨 체험을 할까 생각하며 기대했어요. 선생님께서 교실에 들어오셔서 말씀하셨어요.

"얘들아 오늘은 어제 말했던 것처럼 나눔 체험을 해볼거야, 선생님이 집에서 쓰지 않는 물건 챙겨오라고 했었지? 다들 꺼내볼까?"

아루는 가방에서 쓰지 않는 물건을 꺼냈어요.

"그 물건들을 강당에 가져가서 다른 아이들에게 나눠줄거야"

선생님께서 말했어요.

"네!"

아이들은 대답하고 선생님과 함께 강당으로 가서 한 자리에 반 아이들과 아루의 물건을 올려놓았어요.

아루는 별로 좋은 것 같지 않았어요. 평소에도 과자나 물건을 나눠주는 것을 좋아하지 않았어서 이번 나눔체험이 즐겁지 않을 것 같았기 때문이었어요. 다른 반 아이들도 물건을 올려놓고 잠시 기다리고 있었어요.

"저기에 내가 좋아하는 장난감 있다!"

아루의 옆에 있던 동준이가 말했어요. 다른 아이들도 물건을 구경하는 것 같았어요.

"얘들아 다른 아이들이 가져온 물건 보면서 가지고 싶은 것 1,2개 골라서 가지고 다시 모이렴"

선생님께서 말씀하신 후에 아이들이 흩어져서 다른 아이들이 가져온 물건들 쪽으로 갔어요. 아루는 자신의 물건도 보고 다른 물건도 구경했어요. 구경하다가 아루가 좋아하던 인형이 보였어요.

"저 인형, 내가 좋아하는 건데"

아루는 인형이 있는 쪽으로 가서 가질까 안 가질까 고민하다가 가지기로 결정했어요. 기분이 좋아진 아루가 인형을 들고 조금 더 구경하다가 아루와 아루의 반 아이들이 올려놓았던 물건들이 있는 곳을 보니 몇 개를 다른 아이들이 가져간 것 같았어요. 아루가 가져왔던 물건도 다른 아이가 가져갔는지 보이지 않았어요. 아루는 구경하다가 가진 인형을 봤어요.

"나도 인형을 가지게 돼서 기뻤으니까 내 물건을 가지게 된 아이도 기뻐하지 않을까"

아루는 이번 나눔 체험을 하면서 나눈다는 것에 대한 기쁨을 알게 되었어요. 나눔 체험 시간이 끝나고 아루와 아루의 반 아이들이 선생님께서 모이라고 하셨던 곳에 모였어요. 반 아이들의 표정도 기뻐 보였어요.

교실로 돌아가서 아루는 챙겨왔던 과자를 반 아이들에게 나눠줬어요. 반 아이들이 과자를 먹고 기뻐하니 아루도 기분이 좋았어요. 아루는 나눔이 받는 사람과 주는 사람에게 기쁨을 줄 수 있다는 것을 알게 되었고 즐겁지 않을 것 같았던 나눔체험은 아루에게 좋은 시간이 되었습니다.

뽀니뽀니 아저씨의 초콜릿 가게

김 건 우

"젠장, 저 빌어먹을 초콜릿 가게는 뭐지? 불결해!"

건스가 탄식했다. 갑자기 자신의 집 앞에 생긴 구시대적인 분위기의 초콜릿 가게는 완벽을 추구하는 건스가 불편함을 느끼기에 충분했다. 건스는 자신의 방 창문 밖으로 보이는 초콜릿 가게가 자꾸 눈길에 들어왔다. 화가 치밀어 오른 건스는 현금 3달러를 구멍 난 주머니에 넣고 초콜릿 가게로 발걸음을 옮겼다.

"이 멍청한 가게, 당장 꺼지지 못해!"

건스는 문을 쾅 열며 소리쳤다. 짐을 옮기고 있던 주인장이 건스 쪽으로 고개를 돌렸다. 거구의 주인장의 모습은 흡사 야생의 코디악 베어와 흡사했다. 온몸은 털로 뒤덮여있었으며 금방이라도 터질 것만 같은 멜빵바지를 입고 있었다.

"어디서 소리가 들리는데, 어디서 들리는 거지?"

주인장의 이 말은 키 작은 10살짜리 꼬마의 자존심을 건드리기에 충분했다.

"뭐라고? 이 자식아!"

건스가 아버지 방에서 가져온 펌프 샷건을 주인장에게 들이댔다.

"으아아아아아아아아아아!"

건스가 펌프 샷건을 장전하며 말했다.

"3일 준다. 이 마을에서 당장 나가! 난 이곳이 불쾌해!"

이 말을 들은 주인장이 웃었다.

"허허, 이런 맹랑한 꼬맹이를 보았나. 그래, 찰스. 무슨 초콜릿을 먹고 싶니?"

"뭐라고? 이봐 주인장 뭔가 착각하고 있군. 내게 필요한 건 절대적 안정과 조화. 21세기에 이런 촌스러운 콘셉트의 초콜릿 가게는 인정할 수 없어! 당장 바꿔"

"음, 그렇군. 너에게는 이 담백한 고칼슘 초콜릿이 필요하겠구나!"

기다렸다는 듯이 주인장이 주머니에서 꺼낸 초콜릿에서는 지린내가 진동했다.

마치 하수구에서 떠밀려가고 있는 초콜릿을 발견하고 주어온 것만 같았다.

"우욱 이 역겨운 냄새!"

"하지만 맛은 끝내준단다, 찰스. 한 번만 이 아재를 믿어보지 않으렴? 공짜로 주마"

건스가 마지못해 초콜릿을 입안 속으로 넣었다. 그런데 이게 무슨 일!

'어..?'

주인장이 준 초콜릿은 건스가 살면서 먹은 초콜릿 중 가장 맛이 없었다. 쓰디쓴 카카오향이 그대로 남아있었으며 초콜릿 안쪽엔 고추장에 절인 멸치조림이 그대로 있었다.

"크악! 이게 무슨 맛이야!!!"

건스는 그 자리에서 초콜릿은 고사하고 아침에 먹었던 참치김치찌개까지 모두 뱉어버렸다. 주인장은 그 자리에서 주저앉았다.

"내가 평생을 바쳐 만든 초콜릿이..."

이내 주인장은 뜨거운 눈물을 보였다. 그러나 건스에게 죄는 없었다. 건스의 본능이 생존을 위해 뱉어버린 것이기 때문이다.

"미안해요, 아저씨. 너무 맛이 없었거든요. 하지만 아저씨의 선한 마음씨에 감동받았어요. 앞으로 전 아저씨처럼 세상에 나눔을 실천하고 약한 사람들을 도와줄 거에요!

건스가 아저씨에게 말했다.

"그게 정말이니 찰스?"

주인장이 건스를 올려다 보았다.

"당연히 정말이죠!"

건스가 웃으며 답했다.

"고맙단다... 정말 고맙다..."

아저씨가 건스를 껴안아 주었다. 코디악 베어같은 아저씨의 품속
은 따뜻했다.

감사가 뭐에요

김민지

남극 마을에 사는 아기 펭귄 펭돌이는 오늘 유치원에서 감사에 대해 배웠어요.

펭돌이는 생각 했어요.

'내가 어떻게 감사 할수 있을까?'

펭돌이는 고민 하고 또 고민 했어요.고민를 해도 답을 찾지 못했던 펭돌이는 먼저 엄마한테 가서 물어 봤어요.

"엄마 감사를 어떻게 할수있을까요?"

"감사는 너가 가지고 있는것에 만족 하는 것이 감사란다. 예를 들어 펭돌이 너가 없는 장난감을 가지고 있는 친구를 보면 어떻니?"

"저도 가지고 싶어지고 나한테 없어서 짜증이 나요."

"그래, 그래도 그런 마음이 들때 너가 가진것에 만족 해야지 감사할 수 있어"

이말을 들은 펭돌이는 오늘부터 자신이 가진것에 만족하기로 했어요.

오늘 유치원에서 기분이 안좋았던 펭돌이는 집으로 돌아가고 있어요. 마침 집에서 청소를 하고 있던 아빠가 펭돌이에게 말했어요..

"펭돌아, 감사는 긍정적인 마음으로 하는 거야. 지금 너처럼 화가 나있으면 감사보다 오히려 감사 한다는 마음이 짜증으로 변할거야. 그러니 아빠에게 유치원에서 무슨 일이 있어는지 알려줄래?"

펭돌이는 유치원에서 친구가 자신이 먼저 놀고 있던 장난감을 빼앗아 화가 났다고 말했어요. 아빠가 말했어요.

"펭돌아, 그친구 때문에 많이 속상 했구나. 그러면 그친구와 같이 그 장난감을 가지고 놀 생각은 해봤니? 그랬으면 펭돌아 너는 감사도 할수 있고 같이 신나게 놀수도 있었단다."

"어떻게 감사를 할수 있어요?"

"이렇게 할수 있단다. 친구랑 함께 놀수 있어서 감사 해요. 라고 말이야."

"와! 다음 부턴 무조건 화를 내는것이 아니라 같이놀아야 겠어요."

"맞아, 꼭 그래야 한다. 아, 펭돌아 이건 선물이란다. 이건 감사 노트 란다. 너가 하루에 무엇이 감사 했는 지 쓰는 노트란다. 잘 쓰고 다녀야 한다."

"네, 감사 합니다."

감사 노트를 받은 펭돌이는 너무 기뻤어요. 그리고 펭돌이는 감사 노트에 엄마와 아빠가 알려준 감사 할수 있는 방법을 적고 또 오늘 무엇이 감사 했는지 적었어요.

그 후 펭돌이는 할머니에게 가서 감사는 어떻게 할수 있는지 물어 봤어요.

그러자 할머니가 말했어요.

"감사는 기쁨 마음으로 하는 가야.그러지 않으면 감사를 할수 없어."

펭돌이는 할머니가 말한 내용을 그대로 감사노트에 적었어요.

감사노트에는 이렇게 적혀 있어요.

감사 하는 법

1. 자기가 가진 것에 만족해야 한다.

2. 감사를 할때 긍정적인 마음으로 한다.

3. 감사를 할때 기쁨 마음으로 한다.

그날 오후 펭돌이는 싸웠던 친구 '물범이' 에게 화해 하기로 했어요. 그래서 펭돌이는 '물범이' 집으로 갔어요.

"똑똑 물범아, 저번에 유치원에서 화 내서 미안해."

물범이가 말했어요.

"아니야 내가 더 미안해. 너가 놀고 있던 장난감을 빼앗아 미안해."

펭돌이와 물범이는 다시는 그러지않겠다고 다짐 했어요. 그리고 펭돌이는 물범이에게 감사 노트에 대해 알려줬어요. 그 후 물범이도 감사 노트를 쓰기로 했어요.그래서 펭돌이와 물범이는 유치원과 마을에서 감사 왕으로 불렸어요

3장

사랑의 조각

사랑

외톨이 행성 플루토

정재희

아주 머나먼 우주 저편, 그곳에는 아주 많은 별과 행성이 살고 있었습니다. 우리들이 살고 있는 지구도 그중 하나지요. 지구를 거쳐 목성, 토성, 해왕성 등을 지나면, 너무나도 추워서 생명체 하나 발견할 수 없는 곳이 있었습니다. 그곳의 별들은 모두 꽝꽝 얼어버린 얼음처럼 차가운 마음을 가지고 있었죠. 아무튼, 이건 그 지역에 살고 있던 어떤 행성에 일어난 일에 대한 이야기입니다.

가장 멀고도 차가운 지역, 일명 경계선이라 불리는 곳에선 오늘도 한 행성, 아니, 정확히는 왜소행성이라 불리는 에리스라는 행성이 언제나 그랬듯이 궤도를 지나가고 있었습니다. 에리스는 한때 제나라는 이름으로 불렸으나 행성들 사이에 아주 큰 싸움을 일으키게 된 후로는 현재의 이름을 가지고 아무도 오지 않는 경계선 가장 바깥쪽으로 추방당하고 말았지요.

　오늘도 외로운 채로 자신의 길을 따라가고 있었죠. 그때, 에리스는 다른 행성과 마주쳤습니다. 플루토. 그녀도 에리스 같은 경계선에 살고 있는 왜소행성이었습니다. "…안녕. 오랜만이네," 플루토가 말했어요. "어… 그래. 안녕…" 에리스가 대답했죠. 예전에 에리스가 일으킨 큰 싸움의 원인이 플루토였기 때문에 둘은 사이가 서먹서먹했습니다. 그렇게 둘의 대화는 끝났지만 둘 사이의 침묵은 계속되었습니다. 두 궤도 간의 거리는 꽤 멀었지만 마주치지 않을 정도로 멀리 떨어지기까지는 많은 시간이 필요했기 때문입니다.

　잠시 후, 심심했던 플루토는 다시 말을 걸었습니다. "…우리 예전에 싸웠던 거 기억나? 너랑 나, 어느 때부터 엄청 비교당하면서 치열하게 경쟁했어야 했는데.'
　(회상 / 행성 1: "역시 에리스가 플루토보다 태양계에 더…" 행성 2: "하지만 플루토는…")

　"그… 그때는 미안해. 나도 너처럼 태양계에 들 수 있다는 생각에… 너랑 정말 싸우고 싶은 마음은 없었어… 미안." 에리스가 다시 대답했습니다. "아니야, 이젠 괜찮아. 어차피 네가 아니었어도 언젠가는 쫓겨날 운명이었어. 그래도 용서는 안 해줄 거야." "앗… 그래." 에리스는 플루토의 말에 당황하면서 말했습니다. "하하, 농담

이야. 그보다 우리 예전에…" 둘은 잠깐 옛날 추억에 대한 얘기를 도란도란 나누면서 즐거운 시간을 가졌습니다.

비록 옛날에 크게 다투어서 결국 둘 다 태양계에서 쫓겨난 기억이 있었지만 둘은 여전히 친구였거든요. "…그래서, 며칠만 있으면 해왕성을 마주칠 수도 있다는 거지? 어떡해?" 에리스가 말했습니다. "흠… 뭐, 딱히 할 말은 없으니까 그냥 지나쳐야겠지." 플루토가 대답했습니다. 에리스는 잠시 속으로 고민했지만, 다시 말을 이어 나갔습니다. "…그래도, 혹시 말을 걸 수도 있으니까 할 말을 한번 준비해 봐. 어쩌면 사과를 받을 수도 있으니까. 그때 해왕성이 네가 태양계에서 쫓겨나는 것에 대해 가장 동조했으니까." "…알겠어."

어느새 시간은 흐르고 흘러서 둘이 헤어져야 할 시간에 다다랐습니다. "안녕, 플루토! 언제 다시 마주치면 또 얘기하자!" "너도 안녕, 에리스." 플루토가 대답하고 뒤를 돌려고 했습니다. 하지만 잠시 고민하던 플루토는 다시 뒤를 돌아서 에리스한테 소리 질렀습니다. "에리스!" "응?" "너- 너… 용서해줄게! 그러니까 전에 했던 말 마음에 담아두지 마!" 에리스는 그 말을 듣고 싱긋 웃었습니다. "…응!"

그렇게 둘은 헤어지고 플루토는 다시 혼자서 외롭게 자신의 궤도를 지나갔습니다. 하지만 전보단 무언가 홀가분한 느낌이 들었습니다. "…나중에 해왕성을 마주치면 할 말들이나 생각해볼까… 후후."

플루토는 혼잣말하며, 다시 자기가 갈 길을 갔습니다.

어쩌면 그녀가 마지막에 내뱉은 말 덕분일지도요.

카톡왔숑

오 윤

카톡왔숑!

침대위 핸드폰에서 카톡 알림음과 함께 진동이 울렸다. 하린이의 답장인가 싶어 빨리 확인해봤다.

에잇, 쓸데없는 광고 문자였다.

하린이는 아직 내 연락 확인 안했나? 문자함에 들어가봤다.

문자옆의 1이 사라져 있었다. 또 읽씹이다.

매일 있는 일이지만 당할때마다 기분나쁘다.

요즘은 그냥 원래 그러려니하고 넘어가지만 가끔은 얘가 나를 싫어하나, 느낌이 들때도 있다.

며칠 전, 문구점에서 하린이를 만났다. 하린이가 방학때 할머니댁에서 돌아오고 처음 만나는거라 반가운 마음에 하린아! 하고 손을 흔들었다.

그런데 하린이가 나를 보며 인사하지도, 손을 흔들지도 않았다.

아이들이 많아서 정신이 없어서 인사를 하지 못했던 것인지, 아니면 내가 별로 반갑지 않던건지 알 수는 없다.

나는 정신이 없어서 그랬으면 좋겠다고 생각하는 중이다.

이런저런 생각을 하다가 잠에 들었다.

다음날 아침, 교실에 들어서니 개학을 하고 며칠 지나지 않아서 그런건지 교실이 어수선했다.

맨 뒷자리에 하린이가 보였다. 하린이가 나를 보고 아는체했다.

자연스럽게 하린이의 옆에 앉았다. 내가 앉자마자 하린이가 입을 열었다.

"야, 있잖아, 너가 어제 토요일날 영화같이 보러 갈수있냐고 물어봤잖아, 나 갈수있어, 나 끼워주는거지?"

아, 어떡하지. 어제 하린이가 답장을 안해서 애들이랑 미연이랑 가는 걸로 결정했는데…

"어…하린아 있잖아…사실 너가 답장 안해서 그냥 미연이랑 같이 가기로 했는데…."

"뭐? 나랑 상의도 안하고? 김미연이랑 가겠다고?! 그럼 나는? 그럼 물어보질 말던가!

사람한테 물어봐 놓고서 어떻게 대답도 안듣냐?"

하린이가 얼굴을 찌푸리며 소리질렀다.

"아..근데 그게 애들이랑 다 얘기해서 결정한거라.. 어떻게 수가 없을것 같은데..어떡하지?"

"야, 너 진짜 웃긴다. 너가 나한테 톡으로 물어봤잖아! 같이 갈거냐고. 그런데 하루만에 김미연이랑 가겠다고? 어떻게 그럴수가 있니?"

헐. 웃긴건 나다. 자기가 답장 안해놓고서, 나한테 이렇게 따져도 되는건가? 기가막혀서 웃음도 안났다.

내가 대답하려는 순간, 선생님이 들어 오셨고, 다행히 위기상황의 최소한은 모면할수 있었다.

수업이 끝난뒤, 종이 울리자마자 뛰쳐나가 집으로 곧장 달려갔다.

집에서 그동안의 하린이의 모습을 생각해봤다.

오늘 일은 말그대로 충격이였다. 하린이한테 이렇게 충격을 받은건 처음이였다. 하린이가 평소에도 저렇게 논리가 없었던가? 아니면 내가 오늘 너무 예민했나? 그건 아닌것 같다.

그럼 그동안 내가 이하린한테 속고 있었다는 거다.

헐. 충격이다. 생각해보니 맞는것 같다.

그동안 하린이는 나의 의견을 들은 적이 없었다. 같은 조가 되었을때, 난 파란색을 고르고 싶었지만 내 의견은 물어보지도 않고 빨간색을 골라 나에게 쥐어 주었고, 하린이가 내 연락에 대답을 하는건 아예 기대도 하지 않는 일이다.

하린이의 태도에 흔들렸던 마음이 싹 사라졌다. 이번 토요일에, 우리는 미연이랑 영화를 보러 가야겠다. 꼭.

「삼총사♡」단톡방에 메시지를 남겼다.

"얘들아. 이번 토요일에 영화 미연이랑 보러 가는거   결정된거지?" 삼총사는 나,한나,유린이 이렇게 셋이었다. 나는 하린이에게도 삼총사에 들어올거냐 물었다. 그러나 하린이는 단칼에 거절했다.

난 여자애들끼리 뭉쳐서 노는 거 안 좋아한다고. 그냥 우리 둘끼리만 놀자고.

나는 알았다고 했다. 그래서 4개월이 지날때까지 삼총사는 삼총사끼리, 하린이랑은 둘이서 놀았다.

그런데 이제 하린이가 삼총사에 들어오지 않은 이유를 알겠다.

나를 괴롭히기에는 무리보단 둘이 좋았기 때문이다.

다시 생각해보니 소름 돋았다.

앞으로 이하린이랑은, 말도 섞지 않겠다. 절대로!

그때, 카톡 알림음이 울렸다. "카톡왔숑!" 이번엔 광고문자가 아니길 바라며 얼른 확인했다.

"응. 맞아! 미연이한테도 다 얘기 해놨어."

유린이였다. 대답을 하려는 찰나, 또 톡이 왔다.

"맞아 맞아! 시간 된다더라."

한나였다. 역시, 삼총사는 읽씹하는 법이 없다니까.

"오키, 땡큐!"

다음날, 하린이가 나한테 와 말을 걸었다.

"야, 애들한테 말해봤어? 미연이 빼겠대?"

"아니? 우리 미연이랑 갈건데? 티켓도 다 사놨어."

사실 티켓은 없다. 거짓말이였지만 그래도 이 정도 거짓말은 괜찮을것 같다.

"뭐? 나는!" 하린이의 말을 뒤로 차갑게 교실을 빠져나왔다.

토요일날, 우리는 최고의 날을 보냈다. 영화를 보고, 사진을 찍고, 짜장면을 먹으며 즐거운 하루를 보냈다.

나는 그날 카카오톡 프로필을 바꾸었다. 프로필 사진은 우리가 같이 찍은 사진,

상태 메시지는 〈삼총사, 김미연 포에버! 오늘 행복했다!〉로   바꾸었다.

사실 하린이가 봤으면 하는 마음으로 올린 사진이었다.

그리고 그 다음 월요일, 하린이는 날 아는 체도 하지 않았다.

나도 굳이 아는 체하지 않았다. 그리고 그 사이에 미연이와의 우정도 두터워졌다. 미연은 꽤나 괜찮은 아이였다.

일주일동안 하린이는 나를 투명인간 취급했다. 일부러 어깨를 부딪히고 사과를 하지 않기도 하고, 내 옷에 물을 엎지르는 등 나를 의식했지만, 나는 신경쓰지 않았다.

사총사와 놀기에도 바빴기 때문이다.

미연으로 인해 우리는 이제 사총사가 되었다.

우리는 일주일 내내 놀러 다녔다. 그리고 자연스럽게 넷이 붙어다녔다.

그렇게 사총사로 지낸지 1개월이 훌쩍 지난 7월 어느날, 이하린이 나에게 다가왔다.

"야, 할 말이 있어. 잠깐 와봐." 나는 잠자코 하린을 따라갔다.

하린은 계단에 서서 나에게 말했다.

"너 요즘 나 아는 체도 안하더라?"

"너도 그렇잖아."

"헐. 내가? 내가 널 모르는척 했다고? 와, 정말 어이없다."

이건 또 무슨 소리인가. 황당했다.

"난 계속 너한테 인사했거든? 너가 못봤을 뿐이지. 너한테 편지도 썼는데 설마.. 못봤어?"

편지? 설마.. 며칠전에 책상에 붙어있던 종이 쪼가리를 쓰레기인줄 알고 버린적은 있는데..

"헐, 됐다. 너한테 내가 뭘 바라겠어."

하린이 교실로 돌아가려 했다.

"아니 잠깐만, 편지에 뭐라고 썼어?"

하린은 잠시동안 나를 바라보다가, 말을 이었다.

"내가 뭐 잘못한거 있냐고 물어봤어."…? 이건 또 뭐지. 무슨 속셈이지?

"너가 내 연락에 대답도 안하고, 내 의견을 물어보지도 않고, 너 의견만 주장했잖아. 안 그래?"

"..? 내가? 난 너를 진짜 챙겨준건데…. 내가 그랬다고?"

"너가 나를 진짜 챙겨줬다고? 거짓말 하지마. 너가 내 연락 읽씹 하는게 얼마나 기분 나빴는지 알아?"

"그리고 너랑 같은 조였을때, 난 파란색 깃발이 좋았는데, 넌 물어보지도 않고 나한테 빨간 깃발을 줬잖아. 안 그래?"

"뭐?? 그거 때문이였던거야? 난 너가 빨간색 옷을 좋아하길래너가 빨간색을 좋아하는 줄 알았어.. 미안해… 진짜로.. 그리고.. 너한테 연락온거 항상 읽씹해서 미안해. 항상 확인이 늦어서 자는거 깨울까봐 못했는데.. 미안해."

…? 헐. 진짜로? 진짜 그런거였어? 맞다. 난 하트가 그려져 있는 연한 빨간색 티셔츠를 제일 좋아했다. 그래서 빨간 깃발을 준건 줄은 상상도 못했다.

그런데 난 내가 그 옷을 제일 좋아한다는 걸 하린이에게 한번밖에 말한 적이 없는데..

내가 말이 없자 하린이 말했다.

"나 학원 가야 돼. 나 먼저 간다."

집에 와서 다시 생각해 봤다. 하린이는 나를 제일 좋아했는데 내가 미연이랑 같이 영화를 보러 간다고해서 속상했겠구나. 나는 그동안 하린이가 내 생각은 전혀 하지 않고 배려와 존중이라곤 1도 없는 아이인줄 알았는데… 나한테 빨간 깃발을 줬던게 나를 위한 거였다니.. 나는 그것도 모르고 혼자 오해하고 도리어 내가 하린이를 배려하지 않고 있었다.

그때, 하린이에게 톡이왔다.

"있잖아, 나 지금이라도 사총사에 들어가도 될까..? 물론 너랑 사총사 친구들의 허락을 받고 들어갈게."

그 문장을 읽는 즉시 나는 사총사♡톡방에 문자를 남겼다.

"얘들아, 너희 이하린 어떻게 생각해?"

그 다음 주부터 우리는 오총사가 되었다. 그리고 12월 31일, 올해의 마지막 날인 오늘을 오총사와 함께 보내고 있다.

내년에도 오총사는 영원했으면 좋겠다!

나를 기쁘게 하는 건 나!

성 유 리

지연이는 평소 착하다고 소문난 아이다. 그런 소문이 생긴 이유는 모두를 존중하고 배려하기 때문이라고 스스로 말한다. 지연이의 제일 친한 친구들 모두 지연이는 뭐든 다 이해해 주고 용서해 준다고 말한다. 정말, 지연이가 가장 좋아하는 단어는 '존중'이다. 다른 사람을 존중하는 것은 그 사람을 이해하고 배려하는 수호신 같기 때문이다. 게다가 공부도 잘하는 편이니 친구로 옆에 한 명쯤 두고 싶은 아이다. 이렇게 완벽한 지연이는 겉으로 보기엔 고민이 없는 아이같다.

하지만 요즘 지연이는 고민이 있다. 언젠가 한번 숙제 범위를 잘못 알아 숙제를 덜 해간적이 있었는데 그때 선생님께 크게 혼나지 않았지만 며칠동안 자기 자신에 대해 실망했다. 사람이라면 실수를 할 수 있는데도 말이다. 이렇게 본인이 조금이라도 잘못하면 자신에게 과도한 실망을 하는 것이다. 지연이에겐 어떤 미덕이 부족한 것일까....?

햇살이 따스한 날, 반에 한 친구가 전학왔다.

"지금 들어오렴"

선생님의 부름에 들어온 아이는 휠체어를 타고 있었다. 휠체어를 탄 모습이 꽤 익숙해 보였고 약간 놀란 아이들의 시선을 전혀 신경 쓰지 않았다. 휠체어 친구는 자기소개를 시작했다.

"안녕, 난 이현이야. 이름은 외자이고 지금 이렇게 휠체어를 타고 있지만 특이하지 않은 당연한 시선으로 봐줬으면 해!"

짤막한 자기소개를 마치고 현이는 자리에 앉았다. 지연이는 현이가 정말 마음에 들었다. 첫인상도 좋고 속도 깊을 것 같았다. 현이에게는 따뜻함과 부드러움이 느껴졌고, 지연이도 현이와 아주 친해지고 싶었다. 그러던 어느날 현이가 지연이에게 다가와 말을 걸었다.

"지연아 안녕? 나 사실 전학 온 첫날 부터 너랑 친해지고 싶었어! 나랑 친구할래?"

생각보다 훅 들어왔지만 지연이는 망설임없이 답했다.

"그래~우리 친하게 지내자!"

그렇게 지연이와 현이는 급속도로 친해졌다. 배려심 많은 지연이는 현이를 존중했고 예상한 대로 현이는 속이 깊고 마음이 따뜻했다. 현이가 오르막에서 어려움을 겪으면 지연이는 뒤에서 밀어 주었고 지연이가 모르는 수학 문제가 있을땐 현이가 도와주며 그 둘은 그 어디에도 없을 최고의 단짝이 되었다. 그렇게 학교가 끝나면 같이 놀며 서로 신뢰가 쌓였고 싸우고 화해하기를 반복하며 둘 사이는 더욱 끈끈해졌다.

어느날, 해가 서서히 산 뒤로 몸을 숨기고 있을때 쯤 둘은 공원을 천천히 걸었다. 그날은 유독 뭔지 모르게 분위기가 다운되어있고 공원에 사람도 많이 없었다. 그러고 보니 지연이에겐 해결되지 않은 고민이 있다. 그래서 지연이는 아직 부모님에게도 말하지 않은 가장 큰 비밀 고민을 현이에게 털어놓기로 했다.

"내가 얼마전에 본 수학시험에서 진짜 쉬운걸 하나 틀렸어.. 그리고 또 언젠가 숙제 범위를 잘못 알아서 숙제를 덜 해간 것 있지.. 난 왜 이런 실수를 하지?" 지연이가 고민을 털어놓는 동안 현이는 사람이라면 그럴 수 있다며 몇 번이나 위로해 보았지만 소용 없었다. 그렇게 한참 말이 끝난 후 두 사람은 조용해졌다. 현이는 지연이가 한 말을 되새겨 보았다. 그리고 현이는 깨달았다. 지연이는 다른 사람은 잘 존중하지만 본인의 조그만한 잘못엔 쉽게 실망한다는 것. 즉, 나 스스로를 존중하지 않는게 문제였던 것이다.

"지연아, 넌 다른사람을 향한 존중과 배려는 아주 충분해. 누구와도 비교가 안 될 정도로. 하지만 너는 지금 너 자신에 대한 존중이 부족해. 존중은 타인을 향한 존중만 있는게 아니라 나에 대한 존중도 필요하거든."

지연이는 고개를 끄덕였다.

"실수로 내가 부족한 부분이 생기면 나를 존중하고 이해해서 내면의 힘으로 잘 이겨내면 돼."

지연이가 눈물을 흘렸다. 지연이에게 존중이란 나 그 자체였는데. 내가 모르는 부분이 있는지도 몰랐고, 난 항상 완벽한 아이일 줄만 알았는데 그렇지 않았고. 여러가지 감정이 섞인 눈물이라 더 짜게 느껴졌다.

잠시 뒤, 현이가 먼저 차분히 입을 열었다.

"난 7살때 장애를 갖게 되었어. 혼자 횡단보도를 건너다 신호위반 버스에 치이는 사고를 당했거든.. 그 이후로 난 생각의 전환이 생겼어. 지금 우리가 숨을 쉬고 얘기를 하고 울고 웃는 지금 이 순간이 모두 기적이라고.." 지연이가 고개를 숙였다. 현이는 말을 천천히 이어나갔다.

"그래서 모든 걸 기적이라고 긍정적으로 생각하니 배려, 정직, 존중, 용서같은 미덕들이 보이더라고.."

지연이는 한참을 생각하다 고개를 들며 진지하게 말을 꺼냈다.

"오늘 나는 정말 소중한걸 얻었어. 존중은 남에게만 할 수 있는게 아니라 나를 향한 존중도 중요하다는 것을. 그리고 나를 존중할 수 있는건 오직 나라는것도. 앞으로 잘못을 해도 쉽게 나에게 실망하지 않을 거야! 현아, 네 덕에 존중의 진정한 의미를 알게 되었어. 정말 고마워!"

이렇게 둘은 인생의 전환점이 되는 오늘의 이야기를 마쳤다. 해는 이미 쏙 들어갔고 거리를 비추는 밝은 가로등이 군데군데 보였다. 꼭 인생에는 어두운 부분도 있지만 밝은 부분도 있다는 의미 같다. 오늘 지연이와 현이는 가장 밝은 가로등 아래 서 있다. 오늘 아이들은 인생길에서 또 한 뼘 성장했다.

코코아 속 마시멜로 같은 선생님

유　정민

많은 사람들에게 '인생 선생님'이 있듯이 나에게도 '인생 선생님'이 있다. 나의 인생 선생님은 중학생 시절 나에게 큰 영향을 주신 서준기 선생님이다. 따뜻한 코코아 향이 은은하게 배어있는, 그때의 기억을 더듬어 이야기해보고자 한다.

사실 인생 선생님이라는 수식언과 다르게 서준기 선생님의 첫인상은 그리 좋지 않았다. 서준기 선생님은 조금 특이한 선생님이다. 항상 입고 다니시는 긴 셔츠와 등산 바지의 조화도 그렇고, 검게 그을린 얼굴에 떠오른 싱글벙글한 미소도 그렇지만, 무엇보다 다른 사람을 만났을 때 터지는 쩌렁쩌렁한 인사가 특히 그렇다.
"정민아!! 좋은 아침이야!!!"

솔직히 처음 서준기 선생님을 만났을 때, 선생님이 조금 이상한 사람으로 보이기도 했다. 하지만 그도 그럴 것이, 처음 보는 사람이 온 세상이 떠나갈 듯한 큰 목소리로 자신의 이름을 외치는 모습은 괴상하게만 보였기 때문이었다. 선생님께서 신입생들과 친해지기 위해 단체 사진을 보고 신입생 이름을 하나하나 외우셨다는 것을 알게 된 것은 이후의 일이었다.

이후 나는 서준기 선생님과 급속도로 친해졌다. 자신에게 아침 인사를 건넨 낯선 어른이, 사실은 학교 행정실에 근무하시는 선생님이라는 사실을 알고 안심하게 된 이유가 컸다. 서준기 선생님은 첫인상과 달리 친절하고 따뜻한 분이셨다. 인사를 받는 것보다 먼저하는 것이 익숙하셨던 탓일까, 내가 먼저 밝은 미소를 한 가득 품고 인사하자 선생님의 얼굴에는 놀라움과 기쁨이 잔뜩 만개했다. 만날 때마다 인사를 주고 받다 보니 나중에는 선생님과 더 긴 이야기를 나누게 되기도 했다.

우리의 대화 주제는 주로 학교 생활이었다. 대화 장소가 학교이니 당연한 것이었다. 주로 선생님께서 학교 생활에 대해 물어보시면, 나는 그 주에 있는 주요 행사나 친구들을 언급하며 대화를 이어나갔다.

잦은 대화를 통해 나는 선생님에 대해 많은 것들을 알 수 있었다. 선생님께서는 아내와 9살 난 딸이 있는 가장이셨다. 이전에는 전혀 몰랐던 점이라 흠칫 놀랐다. 그저 '친절한 선생님'으로만 보였던 서준기 선생님이 누군가의 '아버지'로 보이는 순간이었다. 선생님은 날 보면 딸이 생각난다고 하셨다. 자신의 딸이 나처럼 크면 좋겠다고 덧붙여 하시는 말씀에 어깨가 으쓱 올라간 것도 사실이다.

그리고 서준기 선생님께서는 젊은 시절 군인이셨다고 한다. 군인 중에서도 해군이다. 선생님은 당시 혹독했던 군 생활을 줄줄이 풀어놓으시곤 했다. 사소한 잘못으로 선임에게 욕을 얻어먹었던 이야기, 치약 뚜껑을 바닥에 놓고 머리 박기를 했던 이야기…. 나는 울고 웃으며 선생님의 군 생활을 함께했다.

"바다를 지키는 해군! 역시 육군보다는 해군이 멋있지 않니?"

특유의 유쾌한 말투에 내가 웃음을 터뜨리자 선생님께서 멋쩍게 웃으시던 모습이 생각난다.

서준기 선생님은 물에 젖은 솜처럼 축 늘어져 우울한 나에게 훌륭한 고민 상담사가 되어주기도 하셨다. 얼마 전, 나는 인간 관계에 대한 고민 때문에 선생님과 긴 이야기를 했다. 아무리 노력해도 친해지기 힘든 친구가 고민이었다. 사람의 마음은 대체 뭔지, 또 사람이 얼마나 어려운 동물인지 철학적인 한탄을 쏟아내던 나에게 선생님께서는 이렇게 말씀해주셨다.

"선생님은 말이야, 무엇이든 정성과 노력을 다한 것은 반드시 그에 합당한 결실이 맺어진다고 생각해. 네가 그 친구와 친해지기 위해서 노력하고 지속적으로 관심을 보인다면 언젠간 그 친구도 마음을 열어주지 않을까?"

이어서 선생님은 말씀하셨다.

"나는 코코아 속 마시멜로 같은 사람이 되고 싶어. 코코아 속에 마시멜로를 퐁당 넣으면 천천히 부드럽게 녹다가 어느새 흔적도 없이 사라지잖아? 나는 사람의 마음에는 마시멜로처럼 접근해야 한다고 생각해. 빠르지도, 느리지도 않게 스며드는 거지. 그 사람의 입장에서 생각해보고, 늘 공감해주면 마시멜로처럼 녹아들 수 있을 거야."

선생님의 말씀은 나에게 큰 위로가 되었다. 그저 사탕 발린 위로가 아니라, 진심으로 같이 고민해준 조언이었기 때문이었다. 서준기 선생님의 응원에 힘입어, 나도 그 친구에게 코코아 속 마시멜로 같은 사람이 되어야겠다고 다짐했다. 그렇게 선생님과 함께 나의 중학교에서의 2년이 따뜻하고 포근하게 지나갔다.

요즘 서준기 선생님께서는 학교에 나오지 않으신다. 다른 선생님들께 여쭤어 보니 선생님 딸이 많이 아프다고 한다. 나를 보면 생각난다고 하셨던 그 딸, 걱정이 된다. 선생님이 활짝 웃는 딸과 손을 잡고 걸어가는 모습을 상상해본다.

서준기 선생님은 나의 부모님이 되기도 했고, 현명한 스승이 되기도 했고, 친절한 이웃이 되기도 했고, 때론 가장 친한 친구가 되기도 했다. 지금도 선생님을 생각하면 〈삼국지〉 속 장비 같은 호탕한

웃음과 쩌렁쩌렁한 인사가 꼭 귀에 들리는 것만 같다. 그는 특이하지만 타인의 감정에 깊이 공감하는 마음, 함께 있으면 푼푼해지는 따뜻한 마음을 가지고 있다. 어쩌면 그것이 선생님께서 말씀하시던 코코아 속 마시멜로가 아닐까. 서준기 선생님, 항상 감사드리고 사랑해요!

거지의 보답

한윤호

옛날 옛적에 나눔 마을이라는 마을에 살고있던 어떤 거지가 있었어요. 그 거지는 집이나 도와줄만한 사람이 없었고 옷이 더러웠기 때문에 사람들은 그 거지를 무시하면서 거지에게 아무런 관심이나 도움을 주지 않았어요. 하지만 거지는 매일매일 사람들에게 무시받고 아무런 도움을 받지 못했기 때문에 사람들에게 큰 도움을 기대하지는 않았어요. 그리고 사람들이 그를 무시했기 때문에 그는 일이나 직장을 구하지 못했어요. 거지는 집이 없었고 돈도 없었기 때문에 길거리에서 노숙을 하고 있었어요. 거지는 가끔 사람들이 조그만한 빵 하나를 사 먹을수 있을만큼의 적은 돈을 주거나 음식을 줄때도 있었지만 거지에게는 밥을 매일매일 사먹을 돈이 없었기 때문에 거의 매일매일 모든 끼를 굶어야 했어요.

평소처럼 거지는 사람들에게 도움을 받지 못하고 밥을 먹지 못해 굶고있었어요. 그러던 평소와 같은 어느날, 평소와 엄청나게 다른 일이 일어났어요. 그날엔 평소처럼 거지가 그의 담요 위에서 누워 자고있을때 거지에게 어떤 한 남자가 와서 그에게 집을 구할수 있고 사업을 시작하기 위해 공부를 할수 있을만큼의 돈을 그에게 아무런 부탁이나 조건 없이 건네 주었어요. "왜 저에게 아무런 조건 없이 이런 큰 도움을 주시나요?", 거지가 그 남자에게 물었어요. 하지만 그 남자는 아무런 대답을 하지않았고 거지가 있던 자리를 떠났어요. 거지는 그 남자에게 큰 감사를 느껴서 이 돈을 활용해 성공해서 그 남자에게 꼭 큰 보답을 해주기로 마음 먹었어요.

거지는 그 남자가 준 돈으로 다른 성공 마을이라는 마을에서 집을 구하고 사업을 시작하기 위해 공부를 시작했어요. 거지는 공부를 배우고 문제를 푸는것이 처음이었기 때문에 처음에는 조금 힘들었지만 거지는 그 남자에게 자신을 도와준 보답을 하고 싶어서 공부를 죽도록 열심히 했어요. 결국 거지는 매일 하루도 빼 먹지않고 공부를 한덕에 공부를 잘하게 되었어요. 그리고 그는 남은 돈을 써서 작은 사업을 차리는데 성공했어요. 그 사업은 처음에는 잘 되지 않았지만 거지는 그 남자를 잊지 않고 그에게 보답을 하기위해 더욱더 노력하기로 했어요. 그리고 결국 거지는 그 사업을 엄청나게 성공시켜서 전 세계에서 가장 잘 나가는 부자가 되었어요.

거지는 부자가 되어 그 남자에게 자신을 도와준 보답을 해주기 위해 그 남자를 찾기 시작했어요. 거지는 거의 온 지구를 다 돌아서 그를 찾으려고 애썼지만 그를 찾기 시작한지 10년이 지났어도 여전히 그를 찾지 못했어요. 결국 거지는 그 남자를 찾는것을 포기하는 것에 대해서 마음이 편안하고 좋아하지는 않았지만 어쩔수없이 그를 찾는것을 멈추고 사업에 집중하기 시작했어요.

거지가 그 남자를 찾는걸 포기하고 2년이 지난 어느날, 거지의 회사에 한 편지가 도착했어요. 그 편지에는 이렇게 적혀있었어요. "나눔 마을에 가서 거지를 도와줘.", 그리고 그는 그 편지가 자신을 도와주었던 그 남자인것을 깨달았어요. 그리고 그는 자신이 옛날에 살던 나눔 마을에 가서 길거리에 있던 어떤 한 거지에게 집을 구할 수 있고 사업을 시작하기 위해 공부를 할수 있을만큼의 돈을 주었어요.

그리고 그는 무언가를 깨달았어요. 바로 자신에게 돈을 주었던 사람은 사실 미래의 자신이었다 는걸요. 그리고 그는 그 남자가 자신이라는것을 깨닫고 마음이 편안해졌어요. 그리고 그는 다른 사람들을 돕기로 마음먹고 거지가 버는 돈의 대부분을 전부 힘든 사람이나 형편이 어려운 사람들을 도와주는데에 썼어요. 그리고 그는 전 세계에서 가장 다른 사람에게 도움을 많이준 사람이 되었어요

4장

함께 하는 사회

정의

세상에서 가장 아름다운 그림

장 성 운

미래는 오늘도 그림을 그리고 있습니다. 빨간 사과가 주렁주렁 달린 사과나무도 그리고, 생선을 물고 있는 귀여운 고양이도 그렸습니다. 미래는 열심히, 또 꾸준히 그림을 그려왔습니다.

매 그림에 진심과 정성을 다 했습니다. 학교 쉬는시간에도, 숙제를 다 한뒤에도 열심히 그림만 그렸습니다. 그렇게 그림을 그리다 보니 화가라는 꿈도 가지게 되었습니다. 미술대회에서 상도 받고 자신의 그림들로만 가득찬 전시회를 열고 싶다는 생각도 했죠. 그림을 그리다보면 이 세상에 있지 않은 것들도 마음대로 그려낼 수 있습니다. 유니콘 이라든지, 스테이크를 먹는 공룡이라든지 말이에요.

하지만 이토록 무엇이든 그려내는 미래가 딱 하나 그리지　못하는 것이 있었습니다. 바로 미래의 엄마입니다. 미래의 엄마는 미래를 낳다 돌아가셨습니다. 그래서 미래는 엄마가 어떻게 생겼는지 전혀 알지 못했습니다. 머리카락이 얼마나 긴지, 눈은 얼마나 크고 또렷한지, 그리고 그 눈 안의 눈동자는 얼마나 초롱초롱한지. 미래는 알지 못했습니다.

미래는 엄마가 있는 친구들이 너무나도 부러웠습니다. 학교가 끝난 뒤 엄마와 손을 잡고 집에 가는 친구들을 볼 때면 자신도 모르게 무척이나 우울해지곤 했습니다. 이미 이 세상에 없는 엄마의 손길이 그리워지기도 했죠. 하지만 매일이 우울한 것은 아니었습니다. 홀로 걸어간 집엔 사랑하는 아빠가 있고, 부드러운 종이와 연필, 색연필들이 엄마를 대신했으니까요.

미래가 그림을 그리는 이유도, 언젠가 엄마를 만났을 때 지금까지의 그림들을 보여주며 힘들었지만 이렇게 밝고 씩씩하게 잘 자라났다고 말하고 싶기 때문이였죠. 비록 그리지 못하는 엄마이지만 머릿속으로나마 엄마를 그리며 그림을 그렸습니다. 오늘도 열심히 그림을 그리다보니 어느새 둥글고 커다란 보름달이 창문 밖으로 얼굴을 내밀었습니다. 미래는 그리던 그림을 마무리하고 침대로 향했습니다. 오직 달빛만이 미래의 어둠을 비추고 있었죠. 침대에 누운 미래는 엄마를 상상하며 스르륵 잠에 들었습니다.

톡톡 .누군가가 미래의 어깨를 두드렸습니다. 미래는 뒤를   돌아봤습니다. 이럴수가! 미래의 어깨를 두드린 사람은 바로 미래의 엄마였습니다. 미래의 엄마는 살며시 웃으며 말했습니다." 우리 미래! 벌써 이렇게나 자란거야? 엄마가 미래랑 같이 있어주지 못해서 항상 미안해. 하지만 언제나 미래 곁에서 미래 응원할게. 그러니까 너무 슬퍼하지마." 미래는 눈물이 나왔습니다.

그토록 보고 싶었던 엄마가 눈 앞에 있었습니다. 미래는 엄마에게 안겼습니다. " 엄마! 왜 이제서야 왔어요! 엉엉 " 엄마는 말없이 미래의 등을 쓰다듬었습니다. 미래는 엄마를 데리고 집안구석구석을 다녔습니다. 화장실 거울에 붙혀둔 양치하는 사자그림, 아빠 방 벽에 걸어놓은 아빠와 미래의 그림, 미래의 생일날 아빠가 만들어주셨던 생일케이크를 그린 그림. 마지막으로 오늘 그린 사과나무 그림과 생선 문 고양이 그림까지. 엄마는 미래의 손을 잡고 묵묵히 미래의 그림설명을 들어주었습니다. 정말 행복한 시간이였습니다. 미래는 엄마를 보고, 또 봤습니다. 엄마의 밝은 미소는 미래만큼이나 예뻤습니다.

그렇게 한참을 돌아다닌 끝에 엄마가 미래에게 말했습니다 " 아이구 우리 미래! 이렇게 멋진 그림들을 보니까 우리 미래가 얼마나 씩씩하게 잘 커왔는지 알겠네~ 너무너무 멋지고 자랑스럽다! 우리 미래! 우리 딸! 앞으로도 열심히 그림 그려서 나중에 엄마 또 만났을 때 보여줘야 돼~ 너무너무 사랑해 우리 딸. " 엄마가 점점 희미해지기 시작했습니다. " 엄마? 엄마! 가 지마세요! "

번쩍- 미래가 눈을 뜨니 어느새 아침이였습니다. 미래는 곧장 책상으로 가 엄마를 그리기 시작했습니다. 엄마의 모습뿐만이 아니라 엄마를 향한 자신의 마음을, 미래는 그려내기 시작했습니다. 그렇게 미래는 처음으로 미술대회에서 엄마의 그림으로 상까지 받게 되었습니다. 그토록 원하고 궁금해했던 엄마를 미래는 그림으로, 그리고 따뜻한 마음속 깊은 곳에서 오래도록 영원히 간직할 것입니다. 여러분도 정말 꿈꾸는 일, 도전하고 싶은 일이 하나쯤은 있겠지요? 상상만 하다간 기회를 놓쳐버릴지도 모릅니다. 일단 미래처럼 열심히, 또 꾸준히 한걸음씩 나아가보세요. 분명 엄청난 일이 여러분을 기다리고 있을테니까요.

꿈꾸는 고래

정사랑

고래가 바다 동물이 아닌 육지 동물이었을때가 있었어. 그때에 고래는 짧고 두꺼운 다리로 너무나도 큰 몸집을 이끌고 다녔지. 고래는 상상하는 걸 참 좋아했어. 주로 언덕 위에 앉아 말로만 듣던 푸른 바다를 자유롭게 누비는 자기 모습을 떠올리며 바다를 향한 꿈을 키워갔어.

하지만 다른 동물들은 이런 고래를 비웃었어.
"쟤는 육지동물인데 왜 저렇게 바다를 좋아할까?"
"아무리 네가 바다를 좋아해서 가고 싶어 한다고 해도 너의 그 짧은 다리로는 깊은 바다에서 하루도 버틸 수 없을 거야!"

고래는 육지 동물 친구들의 비아냥에도 푸른 바다의 꿈을 멈출 줄 몰랐어. 누가 뭐래도 바다를 향해 달려가는 자기의 모습을 상상하는 게 제일 행복했거든. 하지만 고래의 꿈은 절대 쉽게 이루어질 수 있는 것이 아니었어. 모든 동물이 고래의 꿈이 터무니없다며 고래를 비웃었고 그를 응원해 주는 동물도, 바다로 갈 수 있는 방법도 없었거든. 더군다나 고래 스스로도 육지 동물인 자기가 바다에서 헤엄치며 지낸다는 것은 상상도 못할 일이었어. 점점 고래의 그토록 반짝이던 꿈이 빛을 잃어가기 시작했어.

어느 날 고래가 나무 그늘 밑에 앉아 한숨을 쉬고 있을 때 한 바다거북이가 고래를 향해 엉금엉금 기어 왔어. 바다 거북이는 바다에서도, 육지에서도 살 수 있는 멋진 동물이었지. 고래는 그런 바다거북이를 보고 말했어.

"있지, 나도 바다에서 살고 싶어. 바다에서는 나의 꿈을 이룰 수 있을 것만 같거든. 바다는 정말 멋있는 곳이겠지? 다른 동물들은 나를 비웃지만, 난 그래도 정말 바다에 가고 싶어. 그게 내 꿈이거든."

그러자 바다 거북이가 놀라며 말했어.
" 네가 그 꿈꾸는 고래구나! 드디어 만났어!"
"나를 알아?" 고래가 놀라며 물었어.
"당연하지! 난 네가 정말 대단하다고 생각해. 모두가 주어진 삶에 변화를 두려워하지만 너만큼은 꿈을 지키려는 모습이 정말 멋졌거든. 줄곧 너를 만나 이야기를 들어보고 싶어서 너를 찾아다녔어."

바다 거북이는 차분하게 말을 이어갔어. "비록 지금은 너의 꿈이 작고 볼품없는 조개 같겠지만, 포기하지 않고 너의 길을 천천히, 쭉 걸어간다면, 그 작은 조개가 이 세상 그 무엇보다 더 반짝이는 진주를 만들어 낼 거야. 꿈을 꾼다는 건 정말 멋진 일이잖아!"

진주처럼 반짝이는 눈을 가진 바다 거북이의 말에 고래의 두 눈이 동그래졌어. 자기가 하고 싶은 것은 무엇인지, 어디를 향해 나아가고 있었는지를 다시금 깨달았지.

"그래! 난 할 수 있어. 남들이 뭐라 해도 난 나만의 길을 찾고 나의 꿈을 향한 길을 찾겠어."

고래는 바다 거북이에게 바다로 가는 길을 묻고는 주저 없이 바다로 향하기 시작했어. 푸른 파도를 찾아가는 길은 멀고 힘들었지만 고래는 바다에서 자유롭게 헤엄칠 자신을 떠올리며 짧은 다리로 열심히 계속 걸어갔어.

마침내 꿈에 그리던 바다에 도착한 고래는 눈앞에 펼쳐진 광경에 입을 다물 수가 없었어. 반짝반짝 빛나는 맑은 물과 시원한 파도 소리, 파도에 살랑살랑 흔들리는 산호 숲까지, 모든 것이 완벽한 조화를 이루며 상상 이상으로 환상적이었던 거야. 고래는 가파른 절벽 위에서 한참이나 바다를 바라보았어. 위에서 바다를 바라보았을 때 설레기도 했지만 왠지 조금은 두려웠어. 깊은 바다가 고래의 무거운 몸을 그대로 삼켜버리는 장면이 눈앞에 생생하게 보이는 것 같았거든. 번뜩 고래는 어두운 바닷속 반짝이는 진주를 떠올렸어. 그러고는 결심했지. 넓은 바다에 오랫동안 꿈꿔왔던 모든 것을 믿고 맡기기로.

고래는 두 눈을 질끈 감고 달려가 바다를 꼭 껴안았어. 그 순간, 고래의 다리는 조금씩 지느러미로 바뀌었고, 고래의 몸이 점점 변하기 시작했어. 시간이 얼마 지나지 않아 고래는 한 번도 보지 못했던 진짜 자신의 모습을 발견하게 되었어. 마침내 고래는 푸른 바다의 여행자가 되었던 거야.

지금도 그 꿈꾸는 고래는 먼바다 저 멀리 자신과 같은 꿈을 꾸던 다른 고래들을 만나 온 바다를 누비고 있다고 해. 이따금 반짝이는 진주를 발견하면서 말이야. 꿈을 꾸던 고래가 바다를 만나 반짝이는 물보라를 일으켰듯, 너희도 꿈을 만나 세상이 반짝이기를.

엄마가 집에 없던 일주일

조영관

"인스턴트 음식과 과자는 많이 먹으면 안 돼, TV는 멀리서 보고, 게임은 많이 하면 안 돼 그리고 잠도 일찍 자야 키가 커" 이렇게 잔소리처럼만 들리는 말들을 엄마께서 항상 말씀하셨으며, 나는 그렇게 말씀을 하실 때마다 알아들은 척하면서 대충 대답을 하였다.

"엄마 아빠랑 같이 출장가면 일주일 뒤에 돌아올 거야 방학이라고 늦게 자지 말고, 밥도 골고루 먹어야 해 인스턴트 음식만 먹지 말고"

"네"

나는 엄마, 아빠가 일주일 동안 집에 없다는 것에 들떠 대충 대답하였다.

"아싸! 내 세상이다. 그동안 많이 못 먹었던 배달음식부터 잔뜩 시키고, 게임도 실컷 하고 늦게자야지!"

그렇게 나는 배달음식으로 3끼를 먹고 하루에 잠을 1시간도 자지 않았다. 게임만 종일 해서 그런지 눈이 뽑힐 것만 같았지만 너무 재밌어 계속해서 하게 되었다.

쿵쿵쿵 딩동딩동

갑자기 밖에서 누군가 문을 두드리고 초인종을 눌렀다. 부모님은 내일 오시지만 만약 오시더라도 비밀번호를 아시니 아닐 텐데 새벽 3시에 누가 온 거지? 마침 몸이 찌뿌둥했던 나는 호기심에 이끌려 문 앞에 다가가 말했다.

"누구세요?"

내가 문 앞에서 말하자 밖은 갑자기 조용해졌다. 마치 아무도 없었던 것처럼

"흠, 이상하다. 내가 잘 못 들었나?"

그렇게 생각하고 방에 막 들어가려고 하는 순간

쿵쿵쿵 딩동딩동

누군가 미친 듯이 문을 열라는 듯이 재촉하였다. 나는 동네 이웃이라 생각하고 도와드리기 위하여 문을 열었다.

문을 열고 나는 너무나도 충격적이어서 소리도 지르지 못하고 그 순간 얼어버렸다.

내 눈앞에 도깨비가 있었기 때문이다. 평소 만화나 게임에서나 보

이던 도깨비가 다름 아닌 내 집 앞에 있다는 것이 충격적이었다.

내가 얼어붙어 있자 도깨비는 기다렸다는 듯이 말을 하였다.

"네가 영채니?, 널 데리러 왔다"

도깨비의 목소리와 말투만으로도 좋은 곳으로 가는 것이 아닌 것을 직감할 수 있었다. 나는 울먹거리면서 말을 힘겹게 입 밖으로 내뱉었다.

"저...안갈래요,,,,"

그러자 도깨비가 화를 내며 나에게 말을 하였다.

"미안하지만 네가 가기 싫다고 안 갈 수 있는 것은 아니다 가지 않는다면 내가 강제로 데려갈 수밖에 없어"

나는 어쩔 수 없이 도깨비의 말을 듣고 따라갈 수밖에 없었다.

"그럼, 따라갈게요"

도깨비는 나를 산으로 데려가더니 갑자기 주술을 외웠다. 그러더니 갑자기 문이 생기며 그곳에 나를 데리고 같이 들어갔다. 들어간 곳은 평범한 건물이었다.

솔직히 괴물이 득실거리거나 지옥과 같은 이미지를 생각했었는데 예상외의 모습이자 순간 당황스럽고 놀랐다.

나는 무서웠지만, 도깨비에게 말을 걸어보았다.

"여기는 어디예요?"

도깨비는 생각보다 친절하게 나에게 말해주었다.

"여기에 있는 방에 들어가 보면 알게 될 것이다."

그렇게 잠깐의 대화가 끝나고 첫 번째 방문을 열어 들어가 보았다.

방 안에는 겉보기에도 뚱뚱한 내 또래의 친구들이 있었고, 우는 아이도 있었으며, 과자를 허겁지겁 먹는 친구도 있었다. 나는 당황스러워 한 친구에게 물었다.

"너희는 여기에 왜 있고, 어쩌다 이렇게 된 거야?"

한 친구가 울먹거리며 나에게 말했다.

"나는 평소에 채소를 잘 안 먹고 항상 인스턴트로된 음식들만 먹었어, 그런데 어느 날 한 도깨비가 우리 집으로 찾아와 나를 여기로 데리고 왔어"

나는 나도 저렇게 될까 봐 겁을 내고 있자 초콜릿을 건네주며 말하였다.

"자! 이거 내가 좋아하는 초콜릿이야 너도 먹어"

"고마워"

초콜릿을 받으니 기분이 나아지는것같았다. 하지만 도깨비가 재촉하듯이 말했다.

"자 다음 방으로 들어가자"

다음 방에 들어가자 사람들 키가 매우 작아 마치 내가 거인이 된 것만 같은 기분이 들었다. 심지어는 눈이 전부 다 흡혈귀와 같았으며, 욕설도 일부 들려왔다. 나는 몸을 숙여 컴퓨터게임을 하는 친구에게 물어보았다.

"너는 누구고, 왜 이곳에 오게 되었니?"

내가 물어보자 그 친구는 게임을 하느라 나에게 대충 대답하였다.

"나는 영대고, 네가 보고 있는 친구들은 종일 게임만 해서 이곳에 오게 되었어... 그리고 또 키는 잠을 거의 자지 않아 이렇게 작아"

쾅쾅쾅

갑자기 키보드를 내리치며 영대가 화를 내며 말했다.

"아! 네가 말을 걸어서 게임에서 졌잖아 빨리 저리로 가"

아..알겠어

하늘에서의 경주

김 영 원

　해가 하늘 높이 떠 있는 어느 점심날에, 구름 위에서는 정의를 규칙으로 하는 달리기 경주가 한창이었어요.

　사자는 심판을 맡았고, 호랑이는 중계를 맡고 있었지요.
　"자, 제 3회 정의의 경주를 시작하겠습니다!"
　호랑이가 큰 소리로 외쳤고, 곧 가지각색의 동물들이 출발선에 섰어요.
　셋... 둘... 하나... 시작!
　큰소리로 호루라기가 불리고, 경주는 시작되었어요. 당연히 선두는 날쌘돌이 토끼가 달리고 있었지요.
　깡총! 깡총! 시작과 함께 토끼는 이미 저렇게 멀리 가버렸지 뭐예요? 토끼의 뒤를 따라 쥐도 찍찍 소리를 내며 열심히 달리고 있었어요. 그런데 그때, 토끼가 꽈당! 하며 넘어지고 말았어요.

토끼는 무릎을 감싸 안고 엉엉 울음을 터뜨렸어요.
"이런 이를 어쩌지? 오늘 결승선을 넘어야 하는데!"
그러자 뒤를 달리고 있던 쥐가 와서 물었어요.
"헉헉, 토끼야 괜찮니?"
토끼가 말했어요.
"응, 하지만 무릎이 너무 아파! 나와 함께 가줄 수 있겠니?"
"미안해 토끼야, 하지만 난 꼭 1등을 하고싶은 걸? 이따가 보자."
쥐가 휙 하고 떠나버렸어요. 토끼는 몸도, 마음도 너무나 아팠지요.
"흑흑, 이대로라면 1등은커녕 결승선에도 가지 못하고 말 거야!"
중계를 하고 있던 호랑이가 거들었어요.
"선두를 달리던 토끼선수! 넘어지고 말았는데요. 쥐 선수가 선두로… 어, 저기 뒤에!"

호랑이의 말에 토끼는 뒤를 돌아보았어요. 뒤에는 말이 달려오고 있었어요.
"토끼야, 괜찮니? 나와 함께 가자. 어서 내 등에 올라타!"
"말아, 고마워. 너 없었으면 정말 큰일날 뻔했어"
그렇게 토끼와 말은 함께 결승선으로 달려갔어요.
말의 빠른 발걸음을 이용해 한 동물 동물을 제치고 결국!

"네, 이제 모든 선수들이 결승선으로 들어왔습니다."

그들은 2등으로 들어왔어요! 하지만 마음만은 1등과도 같았지요.

"이제 결과 발표만을 앞두고 있는데요, 과연 1등은 누굴까요?"

"쥐 선수 입니다! 축하드려요"

"감사합니다…"

쥐는 1등으로 경주에 들어왔지만 기뻐하지 못했어요. 토끼를 돕지 못한 것이 양심에 찔렸나 봐요.

"하지만 이번에는 특별상이 있는데요, 토끼 선수를 도운 말 선수가 특별상의 주인공 입니다!"

"네? 제가요? 와! 감사합니다"

말과 토끼는 뛸 듯이 기뻐했어요. 그리고 쥐는 자신의 상을 바라보며 말했어요.

"이건 정당하지 않은 것 같아…"

그리고선, 상을 들고 사자에게 말했어요.

"이건 제가 받을 상이 아닌 것 같아요. 저는 다친 토끼를 두고 갔어요… 이건 정의가 아니에요."

쥐는 상을 돌려주었어요. 많이 아쉬웠지만, 쥐는 후련했어요. 그리고 쥐는 토끼에게 말했어요.

"토끼야, 다친 널 외면해서 미안해. 그건 정의가 아닌데…"

"괜찮아, 쥐야! 사과해주어서 고마워."

그들은 행복하게 웃었어요. 경주의 마무리와 함께 우정도 더욱 깊어진 것 같아요.

마녀 사냥

김규리

새학기가 시작되었다. 항상 신났던 새학기지만, 이번에는 아니였다. 왜냐하면 작년에 친했던 친구들과 모두 다른 반이 되었기 때문이다. 이 반에는 내가 알던 친구들이 많이 없다. 그럼 새 친구들을 만들어야겠지. 조금은 힘들고 떨릴 것이다. 그래도 내가 친구들에게 먼저 다가가면 친구들도 나한테 다가와 주지 않을까.

내 생각은 성공적이었다. 내가 친구들을 배려하고 도와주며 조금씩 다가가니, 친구들도 나한테 다가와 주기 시작했다. 한 달 정도가 지나자, 나는 꽤 많은 친구들이 생겼다. 같이 쉬는 시간에 이야기도 하고, 학교가 끝나고 떡볶이도 같이 먹으러 갈 수 있는 친구들 말이다.

혹시나 잘 적응하지 못할까, 친구들도 금방 사라지지 않을까. 이런 걱정을 하기도 했었다. 하지만 그 걱정이 무색하게도 4월이 된 지금도 나는 여전히 친구들과 행복한 학교생활을 하고 있다.

단지 조금 신경 쓰이는 게 있다면 조금 불편한 무리이다.

같은 반이 된 아이들중에는 정예랑 이라는 아이가 있다. 이번에 같은 반이 되어서 처음 보는 아이였다. 하지만 친구들은 정예랑을 잘 알고 있었다. 친구들은 정예랑을 나쁘게 말했다. 정예랑은 언제나 자기가 돋보여야만 하고, 다른 사람이 자신보다 돋보이는 걸 무척이나 싫어하는 아이라고 했다. 그리고 질투가 심하고 거만하다고.

그럼 그냥 무시하면 되는 것 아닌가. 그런데 그게 또 그렇지 않다고 했다. 부모님이 대기업 사장이라고 했다. 그래서 선생님들도 함부로 못 건든다고 했다. 우리 같은 애들은 말할 것도 없고. 내가 가장 친한 도희라는 친구는 이렇게 말하기도 했다.

"정예랑 엄마 아빠가 엄청 바쁘대. 그래서 정예랑한테 신경을 많이 못 쓰시나 봐. 내 생각이긴 한데, 그냥 외로워서 그러는 거 아닐까 싶어. 그래서 성격이 약간 삐뚤어진거고."

뭐, 틀린 말은 아닌 것 같다. 아무튼, 나랑은 상관 없을 거라고 생각했다. 항상 같이 노는 아이들이 있어서 그런지 나한테 별로 다가오지 않았다. 나도 신경쓰지 않았다. 하지만 요즘 들어 정예랑이

나를 은근히 무시하는 것 같다.

　지난번에 정예랑이 지나가다 내 가방을 툭 쳐서 바닥에 떨어진 적이 있다. 느낌이 실수가 아닌 것 같았다. 게다가 떨어트리고 사과도 하지 않았다. 다시 제자리에 올려 두지도 않았다. 친구들이 나한테 정예랑 욕을 했지만 난 그냥 그러려니 했다.

　그러다 며칠 전, 내가 정예랑에게 물어볼 게 있어 정예랑 한테 갔다.
　"예랑아, 나 물어볼 거 있어."
　그렇지만 정예랑은 대답하지 않았다. 못 들은 건가 싶어 다시 불러봤다.
　"예랑아? 정예랑?"
　분명 가까운 거리에서 큰 목소리로 말했다. 그렇지만 정예랑은 대답하지 않았다. 두 세 번 정도 다시 불러봤지만 정예랑은 단 한번도 대답하지 않았다. 결국 선생님께 물어봤다. 가방을 친 것은 실수니까 그럴 수 있다고 생각했다. 하지만 이건 그냥 대놓고 무시하는 것 아닌가. 기분이 상했다. 친구들도 정예랑이 백번 잘못한 게 맞다고 사과 받으라 했다. 하지만 그러지 않았다. 정예랑과 더 엮이긴 싫었다. 그냥 나도 무시하고 지내기로 했다. 정예랑이 날 무시한다면 나도 정예랑을 무시하면 되니까.

　주말이 지난 후 학교에 갔다. 원래는 주말 동안 항상 친구들과 문자로 얘기를 주고받았다. 하지만 이번 주말에는 그러지 않았다. 단체 메세지 방이 썰렁했다. 답답한 마음에 내가 먼저 이야기를 꺼내 봤지만 그것도 도희만 답해주었고 길게 이어지지 못했다. 그래서 오늘 학교에 와서 물어볼 예정이었다.

그런데 교실 분위기가 이상하다. 내가 교실에 들어오니 분위기가 차가워졌다. 항상 날 반겨주던 친구들도 나를 못 본 척한다.

'다들 왜 그러지? 내가 뭐라도 잘 못 했나?'

도대체 왜 이런 거지. 나는 옆에 앉은 친구에게 작은 목소리로 물어봤다.

"오늘 교실 분위기 왜 이래? 무슨 일 있었어?"

"몰라, 내가 어떻게 알아."

친구의 반응은 냉담했다. 친구는 자리에서 일어나 교실을 나갔다. 친구가 자리에서 일어날 때 작게 중얼 거렸던 말이 귀에 들렸다.

"뻔뻔하네."

'뭐? 지금 뭐가 어떻게 되가고 있는 거야? 진짜 내가 뭘 잘못 했나?'

너무 당황스러워서 나가는 친구를 잡지도 못했다. 나는 교실을 둘러봤다. 그제야 다른 아이들이 눈에 들어왔다. 나를 싸늘하게 쳐다보는 눈빛. 나를 힐끗힐끗 쳐다보며 비웃는 소리. 나를 무시하는 친구들. 그리고 나를 보고 비웃는 정예랑.

친구들 한명 한명을 쳐다봤다. 모두 똑같았다. 고개를 돌리거나,

아예 날 쳐다보지도 않거나, 차갑게 쳐다보던가.

마지막으로 내가 가장 친한 도희를 쳐다봤다. 도희와 눈이 마주쳤다. 도희는 나를 잠깐 쳐다보더니 다른 아이들처럼 고개를 돌려버렸다. 가슴이 무너지는 기분이었다.

'도희야, 최도희. 왜 고개를 돌려? 넌 나랑 제일 친한 친구잖아. 너마저 그러면 안 되잖아. 너마저…….'

차마 내뱉지는 못하고 속으로만 말했다. 단 한 가지 확실하게 알 수 있는 건, 이제 내 편은 없는 것이다.

그 후로부터 나흘이 지났다. 여전히 나에게 다가와 주는 친구는 없었다. 꼭 세상으로부터 혼자가 된 기분이었다. 속상했다. 우린 친구였는데. 진정한 친구라면 이럴 때 다가와 줘야 하는 거 아냐? 한편으로는 허탈했다. 우정이라는게 이렇게 쉽게 무너질 수 있는 거였구나. 어느날 갑자기 사라질 수 있는 거였구나. 아니…… 어쩌면 이게 처음부터 우정이 아니었나?

난 혼자 자리에 앉아 자기들 끼리 떠드는 친구들을 멍하니 바라봤다. 그때 누군가 내 어깨를 톡톡 건드렸다. 오랜만에 누가 날 불러줘서 반가운 마음이 들었다. 난 바로 고개를 돌려 뒤를 쳐다봤다.

도희였다. 도희가 내 귀에 대고 작게 속삭였다.

"하늘아, 잠깐 밖으로 나와 봐."

나는 자리에서 일어났다. 도희를 따라 밖으로 나가려는데, 갑자기 발에 뭔가 걸렸다. 난 그대로 중심을 잃었다. 쾅 하는 소리와 함께

난 교실 바닥에 넘어졌다.

"아으..."

무릎이 아팠지만 세게 다치진 않았다. 고개를 들어 누가 발을 걸었는지 봤다. 아, 정예랑이다.

정예랑은 웃고 있었다. 날 향한 비웃음이였다.

"어머, 미안~ 그렇게 앞을 잘 보고 다녔어야지, 이하늘."

주변에서 키득거리는 소리가 들려왔다. 사람을 발 걸어서 넘어트리고, 사과도 제대로 안 하고. 짜증이 났다. 내가 크게 따지려는데, 도희가 내 손목을 잡아 일으켜 주었다. 그러더니 날 향해 작게 고개를 저었다. 정예랑한테 따지지 말라는 의미인가? 왜? 정예랑이 잘못한 게 맞는데?

도희는 내 손목을 잡고 날 밖으로 끌고 나왔다. 도희가 힘이 세서 난 끌려 나왔다. 도희는 날 사람이 없는 복도로 끌고 갔다.

"뭐야? 왜 말렸어? 정예랑이 잘못 했는데?"

"거기서 싸울까 봐 그랬지. 싸워봤자 네 편 들어줄 애도 없고……."

"네가 그렇게 말하면 안 되는 거 아냐? 너도 나 무시했잖아."

도희는 잠시 말을 멈췄다. 잠시 어색한 정적이 흘렀다. 도희가 다시 입을 열었다.

"미안해, 나라도 널 도왔어야 했는데……. 정말 미안해. 난 너처럼 되기 싫어서……. 지금이라도 도와줄게."

"어? 응……. 고마워. 근데 그게 무슨 소리야? 나처럼 되기 싫었다니?"

"그걸 얘기해 주려고 부른 거야. 얘기해 줄게."

도희가 이야기 해준 내용은 충격적이었다. 내가 교실의 모든 아이들에게 무시당하고 혼자 지내야 했던 게 정예랑 때문이라는 거였다.

"정예랑이 지난주 토요일에 나만 없는 단체 메시지 방에 나에 대한 거짓 소문을 퍼트리고 애들이 그걸 다 믿어서 날 싫어하는 거라고? 그게 말이 돼?"

"그러니까 말야. 예전에 너가 실수로 보미 발 밟은 적 있잖아. 너랑 조금 껄끄러웠던 애. 근데 정예랑이 그걸 너가 일부러 밟은 거다, 원래도 김보미 싫어했다, 이런 식으로 말을 한 거지."

"난 그때 사과도 제대로 했다고! 그 단체방에 김보미도 있었을 거 아냐. 걔는 뭐래? 걔는 그렇다고 인정할 애가 아닌데……."

"보미가 메시지를 조금 늦게 봤나 봐. 이미 그때는 다 너를 욕하는 분위기였고, 보미는 분위기 때문인지 인정해버렸어."

"그럴 수가……. 그래서 애들이 다 날 싫어하는 거야? 내 친구들도?"

"맞아……."

"정예랑은? 내가 걔한테 원수라도 졌어? 나한테 왜 그러는 거야?"

도희가 잠시 머뭇거리다 말했다.

"학기 초반에 너가 친구들이랑 되게 잘 지냈잖아. 조금 과장해서 말하면 너가 우리 반에서 제일 친구 많았었지. 그게 정예랑은 마음에 안 들었나봐. 지난번에 한 얘기 들었지? 정예랑은 항상 자기가 주연이여야 한다고 한 거…….아마 애들이 너만 봐주는게 싫었던 것 같아. 참, 애도 아니고 말이야. 6학년이면 그런 걸로 싫어하는 게 말이 되냐."

거의 울 뻔 했지마 도희 앞이라 참았다. 그래도 친구들이 저러는 이유를 알아서 다행이다. 거짓 소문 때문이였구나. 내가 뭘 잘 못한 줄 알고 속상했는데…….그나마 다행이다.

"변명처럼 들릴 수도 있겠지만…….나도 처음에는 널 잘 도와주려 하지 못했어. 너가 잘 못한게 아니고 정예랑이 잘못한 거지만, 정예랑이 싫어하고 있는 널 도와주면 정예랑이 날 싫어하게 될까 봐. 근데 더 이상 못 봐주겠더라. 너가 계속 혼자 있으니까 신경 쓰이고…….정예랑이 잘못한 건데 너가 상처 받을 필요 없잖아. 그래서 도와줄게. 거짓 소문 따위, 진실을 알려주면 되지!"

도희기 씩씩하게 웃으며 말했다. 그래, 이게 진짜 친구지.

"고마워! 근데 어떻게 하려고?"

"방법이 있지."

도희가 씩 웃었다.

도희의 방법은 이러했다. 평소에 정예랑을 좋아하지 않았던 아이들과 전에 나랑 친했던 친구들한테 정예랑이 퍼트린 말이 사실이 아니란 것을 밝히는 것이였다. 도희가 직접 했다. 당사자인 내가 말하면 아이들은 전혀 믿지 않을 테니까. 조금 미안하기도 했지만 도희는 전혀 개의치 않았다. 친구을 위한 일인데 그럴 필요 없다고 했다. 정말 고마웠다. 새삼스래 진짜 친구가 뭔지, 진정한 우정이 뭔지 다시 생각나게 했다.

그리고 생각보다 도희의 방법은 효과가 있었다. 네 다섯명 정도가 도희의 말을 믿어주었고, 그 아이들이 다른 아이들에게 진실을 말하기 시작했다. 꼬리에 꼬리를 무는 방식이랄까.

교실 분위기도 조금씩 바뀌었다. 나를 향한 차가운 눈빛이나 나를 비웃는 일도 줄어들었다. 전 만큼은 아니지만 교실에 들어가면 나에게 인사를 해주는 아이도 생겼다. 정예랑의 눈치를 보느라 그런 건지 모르겠지만 적극적으로 해주지는 못했다. 그래도 괜찮았다. 조금이라도 내 편이 생긴 것 같아 기분이 좋았다.

그렇게 서서히 진실을 알아가는 아이들이 많아져 가고 있는 날이 계속되었다. 하지만 정예랑은 아직 알아차리지 못한 것 같았다. 나한테 또 시비를 거니 말이다.

정예랑이 내 자리 근처로 왔다. 그러더니 발로 내 발을 꾸욱 밟았다. 예전 같았으면 그냥 무시했을 거다. 하지만 이젠 아니지. 나는 조용히 웃으며 말했다.
"하지 마."
그 말에 갑자기 반이 순식간에 조용해졌다. 정예랑은 발에 힘을 주던 것을 멈췄다.

"뭐라고?"

"하지 말라고."

나는 자리에서 일어나 차가운 눈빛으로 정예랑을 쳐다보았다. 마치 정예랑이 나한테 그랬던 것처럼 말이다. 정예랑은 당황한 듯 했지만 다시 말했다.

"그래? 그러는 너도 지난번에 일부러 보미 발 밟았잖아. 왜, 네가 하는 건 되고 남이 하는 건 안 되니?"

"그건 단순한 실수였어. 그리고 너가 지금 하는 건 시비를 걸려고 일부러 하는 거고."

"시, 실수라고? 하! 진짜라고 생각하는 애들이 얼마나 많은데? 그렇지 얘들아?"

정예랑이 고개를 돌려 반 아이들을 바라보았다. 하지만 정예랑의 말에 거드는 아이는 아무도 없었다. 정예랑이 말을 더듬으며 말했다.

"얘, 얘들아? 왜 아무도 말이 없어⋯⋯?"

"그야 그게 사실이 아닌 걸 알기 때문이겠지. 나도 다 알아. 너가 나만 없는 단체 메시지 방에 내 헛소문 퍼트린 거. 하지만 이제 아무도 그 거짓말 안 믿어. 아무리 거짓이 진실을 덮어버려도 진실은 그 거짓을 파내고 나오거든. 그러니 그만해."

주변에서 아이들이 비웃는 소리가 들렸다. 날 향한 소리가 아니라 정예랑을 향한 소리였다. 비웃음 소리가 점점 커졌다. 누군가 말했다.

"그럼 정예랑이 이하늘 마녀사냥 한거네?"

그 말에 정예랑은 거의 울 것 같은 표정이 되었다. 정예랑은 울먹거리며 교실을 뛰쳐나갔다.

잠시 교실에 정적이 흘렀다. 나는 다시 자리에 앉았다. 이제 애들이 다시 날 무시하지 않겠지. 학교 생활도 다시 즐겁게 할 수 있을 거다.

그때 아이들에 내게 다가왔다.

"그……. 하늘아, 미안해. 우리가 정예랑 말만 들어서……."

"나도 미안해. 사과할게."

"나도……."

아이들이 내게 사과를 하기 시작했다. 그 중에는 내 친구들도 있었다.

"정말 미안해 하늘아. 우리가 진짜 친구였으면 오히려 더 널 믿어줬어야 하는 건데……. 진짜 미안해."

모두 고마웠다. 따지고 보면 이 아이들을 탓할 게 아니지. 정예랑이 잘못한 거고, 이 아이들은 거기에 속아 버린 것 뿐 이니까.

그때 아이들 뒤로 도희가 보였다. 도희는 날 향해 환히 웃어주고 있었다. 나도 도희를 향해 씩 웃어주었다.

"모두 고마워!"

정직했어야 했는데

박 주 연

"죄송해요." "나한테 사과하는 게 아니라 유정이에게 사과해야 할 거 아니니?" "미안해 유정아..." "미안하다면 다야? 너가 그날 다음 날에만 돌려줘도 난 고맙다고 할려 했어. 너 때문에 엄마 카드 잃어버리고, 학원 결제도 못하고. 얼마나 혼났는지 아니?" "정말 미안해. 내가 나도 모르게 너 지갑을 훔쳤어. 내가 정직했어야 했는데... 사실대로 말하면 너가 나한테 화내고 소문 낼까봐..." "그럴 거 같았으면 왜 훔쳤는데?" "평소에 너가 부러웠어. 너는 돈도 많고 애들이랑도 잘 지내는데 우리집은 가난하고 예쁜 옷도 없고, 널 시기하고 질투하다가 어느날 보니 너의 지갑이 책상 위에 있더라고, 그걸 보고 나도 모르게 손을 대버렸어."

사건의 발생은 며칠 전이었다.

어느날과 다름없이 모두가 졸려하는 수업시간이 지나고 마지막 7교시 수업까지 끝났었다. 종례시간이 되고 선생님이 들어오자 유정이가 갑자기 손을 들고는 소리쳤다. "선생님 제 지갑이 사라졌어요!" "뭐라고? 어떻게 생겼는데?" "리본 달려 있는 토끼 모양 지갑이에요. 거기 엄마 카드도 있는데..." "거기에 얼마 들어가 있는데?" "엄마 카드랑 제 돈 현금 8만원 들어가 있어요." "진짜, 선생님이 큰 돈 학교에 가져오지 말랬지. 큰일이네. 얘들아. 자 조용. 혹시 유정이 지갑 본 친구 있니?" "...?" "이렇게 나오겠다. 이거니? 우리반엔 우리반애들만 들어오는데 아무도 모른다는건 말이 안되지 않니? 근처에 우리는 하필 cctv도 없고,.. 오늘 누구 자백하기 전까지 아무도 집에 못 간다. 다시 물을게. 진짜 아무도 몰라?" "..." "어쩔 수 없지 너네 다 엎드려. 유정이 너도." "네" "여기서 유정이 지갑을 보거나 가져간 사람이면 조용히 손들고 내려. 선생님만 볼게. 박건후! 눈 안감아?" "..." "아무도 손을 안드네 다 고개들어. 지금 우리반에서 누군가가 유정이 지갑을 훔친거야. 맞지? 그 친구가 자백하기 전까지는 아무도 집 못 간다. 빨리 자백해." "아 쌤..."

"선생님 질문있습니다." 반장 정해가 손을 들었다. "뭔데." "그 친구가 잘못을 한거지 저희는 잘못이 없습니다. 그 친구가 만약에 끝까지 자백을 하지 않는다면 저희만 시간을 뺏기는 것 아닌가요? 저희도 학원 등 개인 일정이 있어요." "그럼, 빨리 그 친구보고 자백하라고 하던가." "아 선생님... 하 빨리 자백안하냐?"

반에서 수다쟁이인 민호가 짜증내며 말했다. "선생님, 여기서 공개적으로 자백하는 건 부끄러워서 오히려 그 친구가 더 손을 안들 것 같아요. 저희 모두 집에 가고, 그 친구가 개인 톡을 하라고 하면 되지 않을까요?" 반장 정해가 다시 말을 했다. "하. 그래 알겠다. 모두 핸드폰 꺼내서 집 가고 집가서 유정이의 지갑이 누구한테 있는지 아는 친구는 바로 가는 길이나 집에가서 꼭 톡 해. 알겠니?" "네. 안녕히 계세요."

집에 도착한 서연이는 입술과 손톱을 잘근잘근 씹으며 몸을 떨었다. "서연아, 왜 그래? 무슨일 있었니? 무슨 물건 훔친 사람처럼 왜 그래." 서연이의 할머니가 서연이를 걱정스럽게 쳐다보며 물었다. "네?! 아 아니요. 숙제 안한게 생각이 나서..." "에효. 빨리 해 엄마 오면 또 혼나겠다." "네..." 사실 서연이는 오후에 있었던 학교에서 있었던 일 때문에 걱정 되는 것이었다. 유정이가 잃어버렸다는 그 지갑, 사실 서연이가 훔쳤기 때문이다. 서연이도 자기가 이 지갑을 왜 훔쳤는지는 기억이 나지 않는다. 그런데 자기도 모르게 지갑을 집까지 들고와 버렸다. "아이씨. 종례 하고 몰래 서유정 책상 서랍에 너둘걸... 그래, 내일 학교 일찍 가서 두고 모르는 척 해야겠다." 학교 시작은 8시 30분. 서연이는 내일 학교를 7시 50분까지 가기로 했다.

다음날. 서연이는 학교를 7시 45분까지 도착해 조용히 반에 들어갔다. 그런데, 이게 무슨 일이지? 아이들이 모두 모여 있다. "뭐... 뭐야?" "아오, 한서연 왜이렇게 늦었냐. 오늘 선생님 생신이라고 모두 7시 30분까지 오기로 했잖아. 반톡 못 봤어?" "반톡이라니...?" "헐 몰랐어?? 야, 너 한서연 초대 안했냐?" "아니 애들 26명 다 초대했어." "야, 우리반 27명이야." "헉! 서연아 진짜 미안해. 내가 일부로 그런게 아니라 급하게 톡방 만들다보니깐 내가 널 빠뜨렸나봐. 알다시피 내가 너랑 별로 안 친하니깐 잘 기억이...! 읍!" "야, 넌 뭔 그런 얘기까지. 미안해 서연아 내가 오늘 초대해둘게 우선 선생님 생신이니깐 너도 칠판 꾸며. 아 애들이 많네. 이 풍선이라도 좀 불어줄래?" "어? 어 알겠어." '우리반에서 딱 1명이 빠졌는데 딱 그게 나네? 하 그건 그렇고 일찍 와서 두고 갈려 했는데... 타이밍도 참 기가 막히다. 지금 애들 다 칠판이니깐 지금 두고 올까?' 서연이가 유정이의 책상 쪽을 바라봤지만 그곳에는 유정이의 친구들과 유정이가 모여 앉아 있었다. '하하 실패다. 이런. 어쩔 수 없지 내일 줘야겠다.' 서연이는 얼굴을 찌푸리며 고개를 돌리고 풍선을 마저 불었다.

8시 30분이 되고 선생님이 걸어오는 모습이 보였다. "얘들아 빨리 불끄고 숨어 빨리!" 선생님이 문을 열고, 아이들은 모두 외쳤다. "서프라이즈!" "어머, 이게 뭐니 얘들아 고마워." 선생님이 케익의 촛불을 끄고 행복한 시간을 보냈다. 종례가 끝나고 쉬는시간이 되자 선생님이 갑자기 외쳤다. "자, 얘들아 조용! 여러분 덕분에 좋았어요. 고마워. 하지만 우리가 해야 할 일이 있지? 어제 결국 아무에게도 톡이 안왔어요. 선생님이 우리반 친구들을 못 믿는 건 아니지만 혹시나 해서. 모두 가방 꺼내서 책상에 올려두세요."하 진짜 걔 때문에 무슨 일이야. 누군지 걸리기만 해 아주 박살을 내주마." 아이들은 모두 짜증을 내며 가방을 열었다.

'가방...? 어떡하지 진짜 망했다 안돼! 어쩔 수 없지 빨리 주머니에 숨겨야겠다.' 뒷자리 였던 서연이는 친구들이 다른 곳을 보고 있을 때 급하게 유정이의 지갑을 옷에 넣고 지퍼를 잠갔다. 시간이 지나고, 서연이의 차례가 되었다.

'꿀꺽.' "서연아 가방 좀 열어볼래?" "네. 여기요." "...오케이, 다음 가방 열어봐." 선생님이 한명한명 확인하며 검사를 했다.

"아무도 없네. 우리반이 아닌가. 자 얘들아 누군지 알면 오늘도 꼭 톡해줘. 알겠지?" "네." "오늘도 수업 열심히 듣고, 종례 시간에 보자." "네."

"진짜 누구냐. 양심도 없나? 아직도 톡을 안했다고?" "몰라. 엄마한테 엄청 혼났어..." "너 혹시 의심 가는 애 없어...?" "나? 음 모르겠는데..." "난 한서연이 의심되던데... 뭔가 좀 쎄해." "한서연? 왜?" "그냥 쟤가 뭔가 별로란 말이지. 원래 학교 늦게 오는 애가 문자도 안 받았는데 왜 그렇게 일찍 왔겠어?" "그러네. 좀 일리 있다." "가서 물어볼래?" "뭘 물어봐." "아니 왜 넌 너무 착해. 그냥 묻는거잖아 너 아냐고. 왜 이렇게 일찍 왔냐고." "그럼 너가 묻는가." "그래."'

"똑똑 한서연!" "어? 어 왜?" 서연이 자리에 유정이와 유정이 친구들이 모여 서연이의 책상을 똑똑 쳤다. '뭐야. 갑자기.' "너 혹시 유정이 지갑 어디있는지 알아?" '하 나 의심하네.' "아니? 내가 어떻게 알아." "그럼, 너가 안 가져갔어?" "뭐라고? 뭔 말도 안되는 소리야." "왜~ 너, 원래 학교 엄청 늦게 오는 애가 특방 초대도 안됐는데 일찍 온게 좀 이상하잖아. 너같아도 의심하지 않겠어? 딱 날짜도 사건 일어난 다음날인데 너무 딱 맞는거 아니야?" "넌 그럼 지금 내가 훔쳤다는거야?" "응, 난 너가 훔친거 같아. 아니야? 좀 정직하게 살아. 우리가 아무 말 안하고 조용히 넘어가줄게. 지갑 어딨어?" "야, 몰라. 모른다고 했지." "하! 이렇게 나오시겠다? 너 나와봐. 책상이랑 가방 좀 보자." "뭐라고? 니가 뭔데 남의 책상이랑 가방을 봐. 선생님이 아까 검사하셨잖아." "아까는 가방 하나만 검사했잖아. 지갑을 그런 큰데에 두는 애가 있겠니, 작은 주머니에 넣었겠지?" "아니, 나 아니라고 나한테 왜그러는거야." "그렇게 당당하면 가방을 여시든가." "니가 열고, 니가 봐. 니가 찾아볼거면." "좀 나가네? 그래."

가방과 책상 안 서랍을 뒤적이더니 없는 걸 알자 당황스러워 하는 소은이를 보고 서연이는 코웃음을 쳤다. "참, 이렇게 가만히 있는 사람 의심해서 재밌어?" "미안하다."

'휴... 살았다. 나 진짜 떨려서 어떻게 살지? 그냥 미안하다고 하고 확 말해버릴까? 하 안돼...'

그날 오후 소은이가 서연이에게 톡을 보냈다.

-아깐 오해해서 미안했어.

-미안하다면 다야?

-근데 솔직히 너가 오해할만한 상황이었던 건 맞잖아.

-나는 그냥 가만히 앉아있었어.

-그니깐 가장 오해할 만하다고 ㅋㅋㅋㅋ 맨날 혼자 있으니깐 혼자 훔치면 아무도 모르잖아.

-이럴거면 왜 사과한거야?

-진심이겠냐? 유정이가 하도 뭐라해서 그런거다.

'서유정 이미지 관리야?' 그날 저녁, 서연이는 잠을 제대로 자지 못했다. 자신이 저지른 일을 후회하고 시간을 되돌리고 싶고 불안해했다.

'어떡하지. 이미 저질렀는데. 사실대로 말하면 엄청 혼나고 욕 들을 것 같아. 너무 무서워...'

다음날 아침, "아이고 서연아! 지금 몇신데 아직도 자고 있냐." 할머니의 커다란 목소리로 깜짝 놀란 서연이. "아아... 몇신데 소리를 질러요." "8시 반 넘었어. 지각이다 이놈아! 빨리 안일어나?!" "헉! 8시 반?!"

"죄송합니다..." "왜이렇게 늦었어?" "늦잠 자버렸어요. 죄송합니다." "빨리 자리에 들어가서 앉아." "네."

"자 오늘은 국어 대명사에 대해서 배울겁니다. 교과서 33쪽 피고,

오늘 늦은 서연이가 읽어보자." "..." "한서연!" "아 네.?" "몇 번을 부르는 거야. 도대체 뭔 생각해? 너 요즘 이상해. 오늘 학교 끝나고 교무실 와." "네..."

너 요즘 왜 그래? 무슨 문제라도 있니?" '이제 말해야겠다. 더 이상 참으면 너무 힘들거 같아.' "선생님, 저 그게요..." "띠띠띠띠" "어, 잠시만." 서연이가 말을 하려 하자 선생님에게는 전화가 왔다. "예, 여보세요? 아 네, 어머니. 헐 예. 알겠습니다. 지금 바로 집으로 보내겠습니다. 네. 서연아, 너희 할머니가 쓰러지셨대. 당장 집으로 가. 가방은 두고 가고 바로 집으로 가 알겠지? 이 이야기는 내일 다시 하자." "네."

'항상 타이밍도 그렇지. 그런데 할머니가 쓰러지셨다고? 갑자기 왜?'

"띠띠띠띠" "여보세요?" "어, 서연아 오는 길이니?" "응, 할머니는 괜찮아요? 어디 아프신데?" "할머니가 평소에도 고혈압이잖니. 그런데 갑자기 쓰러지셨단다. 지금 여기 국립 병원인데, 당장 이 병원으로 와. 어딘지 알지? 빨리 와. 할머니 지금 위급하셔." "네."

할머니는 서연이에게 없어서는 안 될 존재였다. 어릴 때부터 서연이의 부모님은 맞벌이였기 때문에 저녁 늦게서야 집에 돌아왔다. 그래서 서연이는 어릴 때부터 할머니 집에서 지내고 할머니를 좋아하고 따랐다. 엄마 아빠에게 혼나면 다독여주고 말려주는 할머니를 서연이는 세상에서 제일 좋아했다. 그런데 할머니가 위급하다니, 서연이는 놀라 달리면서 눈물을 닦았다.

"엄마!" "어, 서연아 왔어?" "할머니는?" "이쪽..." "할머니!" "어... 서연이 왔니...?" "할머니 빨리 일어나야지 왜 이렇게 누워있어." "아이고... 서연아... 할머니는 안아파... 괜찮아." "..." "서연아... 이 할미 봐봐. 할머니 없어도 잘 지내고... 친구들이랑 싸우지 말고... 부모님 말씀 잘 듣고... 항상 정직하게 살아야 된다. 알겠나?" '정직...?' "할머니 할머니가 없긴 왜 없어. 빨리 낫고 다시 같이 살아야지." "그래그래 알겠어..."

아침이 되고 엄마에게서 톡 하나가 서연이에게 왔다.

'할머니는 이제 괜찮으지셨어. 학교 잘 갔다와.'

할머니가 정직하게 사라는 말이 생각난 서연이는 서둘러 지갑을 챙겨 학교에 갔다. "오늘은 진짜로 지갑 줘야지." 우선 선생님께 말하려고 가방을 반에 두고 교무실을 가려는데 갑자기 소은이가 서연이를 쳤다.

"어머~ 오늘은 또 왜 그렇게 급하게 나가실까?" "뭐가...! 선생님한테 뭐 말하려고 가는 거야." "음. 무슨 말?" "너 알바니?" "궁금해서 반 친구 사이에서 물어 본 건데 그렇게 급발진 할 이유가 있니? 실망이다." "할말 더 없으면 갈게." "잠시만, 그 주머니에 볼록한건 뭐야?" "뭐가..!" "왜~ 혹시 유정이 지갑...?" "뭐라는 거야, 이상한 소리 하지마!" "이것 봐봐 또 급발진을 하고 있어. 왜 그러는 거야. 아니면 한번 보여줘 보든가." "너가 뭔데 내 주머니를 보는데?" "누가 뭐 훔친데? 너가 훔쳤는지 안 훔쳤는지 한번만 보자고."

"싫어!" "소은아 여기." 소은이 옆에 있던 가은이가 잽싸게 서연이의 주머니에서 지갑을 뺐다.

"어머~ 이런 어쩌지. 이거 유정이 지갑 아니야? 헐 미친 진짜였어? 대단하다." "나는 돌려줄려고...!" "돌려줄거면 애초에 훔치질 말던가. 아니면 그 날에 돌려주던가. 그렇게 유정이를 괴롭히고 싶었니?" "아니 나는..." "무슨일이야?" 유정이었다. "유정아, 너 지갑 찾았다." "헐 뭐야 어디서 났어?" "어디기는 서연이의 옷 주머니 안에서." "뭐라고? 너가 훔친 거야?" "아니 나는..." "왜 남의 물건을 맘대로 훔치고 며칠이 지나고 돌려줘?" "아니 미안해. 나는..." "너 우선 교무실 가자." "..."

"선생님." "뭐야 유정이 서연이는 또 뭐야? 무슨 일 있어?" "..." "유정이 지갑 찾았네? 어디서 났어?" "서연이가 말 하겠대요." "..." "서연아 뭔데?" "죄송해요. 제가 유정이 지갑 훔쳤어요." "뭐라고?" "제가 이럴 줄 몰랐어요. 정직하지 않고 훔친채 아무 말 못하고 있으니깐 지갑 이라는 단어만 나와도 괜히 심장이 쿵쾅 거리고 무섭고 쫄리고, 잠도 자지 못했어요." "그럴 걸 알면 정직하게 말했어야지." "죄송해요. 애들이 모두 저에게 손가락질 할 것 같았어요. 정말 죄송해요." "미안하다는 말은 내가 아니라 유정이에게 해야지." "미안해 유정아. 진심으로." "넌 정말 너무하다. 내가 그렇게 엄마한테 혼나고 나서야 주는 게 맞아? 그리고 심지어 너가 자백한 것도 아니고, 소은이랑 가은이한테 들킨 거잖아. 이게 정직 한거야?"

"아니 정말 미안해. 내가 정직했어야 했는데... 정말 미안해.""미안하다면 다야? 너가 그날 다음날에만 돌려줘도 난 고맙다고 할려 했어. 너 때문에 엄마 카드 잃어버리고, 학원 결제도 못하고. 얼마나 혼났는지 아니?""정말 미안해. 내가 나도 모르게 너 지갑을 훔쳤어. 내가 정직했어야 했는데... 정직하게 말하면 너가 나한테 화내고 소문 낼까봐...""그럴 거 같았으면 왜 훔쳤는데?""평소에 너가 부러웠어. 너는 돈도 많고 애들이랑도 잘 지내는데 우리집은 가난하고 예쁜 옷도 없고, 널 시기하고 질투하다가 어느날 보니 너의 지갑이 책상 위에 있더라고, 그걸 보고 나도 모르게 손을 대버렸어. 다시 보니깐 집에 심지어 들고 오고. 하루하루가 미안하고, 두려웠어. 처음부터 정직했어야 했는데, 자백할걸 그랬다 이러면서 후회했어. 내가 진짜 미안해. 앞으로 절대 안그럴게.""우선 사과는 받아줄게. 다음부터는 그러지 않으면 좋겠다.""고마워."

"띠띠띠띠""예, 여보세요? 네 어머니. 예? 네 바로 조퇴시키겠습니다.""...""서연아. 우선 집 가라. 유정아 우선 사과는 이 정도면 괜찮지? 더 할거면 다음에 해. 알겠지? 서연아 당장 어제 갔던 병원으로 가. 빨리 여기, 핸드폰.""네"

"할머니!""서연아...""할머니 건강하기로 했잖아요. 빨리 왜 그래 갑자기 ...""이 할미가 이제 떠날 시간이 됐나보다.""앞으로 내가 말도 더 잘 들을게. 나랑 놀러도 많이 가고 내가 크는 거 다 볼 거래매요!!""미안하다. 할미가 하늘에서도 우리 서연이 꼭 볼게. 알겠지?""할머니...""사랑한다. 서연아. 고마웠어.""할머니..!!!""... 서연아 일어나..." 서연이의 엄마는 눈물을 참으며 서연이를 다독였다.

　할머니의 장례식을 마치고 난 후 서연이는 참았던 눈물 마저 다 쏟아냈다. "할머니..." '할머니 위에서도 나 꼭 지켜봐줘. 앞으론 나는 할머니가 말 한대로 항상 정직하게 살 거야. 앞으로 나 잘하도록 도와줘. 커서 꼭 할머니 볼게. 할머니 고마웠어. 앞으로 엄마 아빠 말도 잘 듣고 할머니 안 잊을거야. 고마워 할머니 사랑해. 거기서도 잘 지내...'

10년 전, 그날 이야기

이 소 은

어느 화창한 봄날 이었다. 우리는 꽃을 들고 납골당을 찾았다.
납골당에 들어가 꽃을 내려놓고 말했다.
"나은아.. 오랜만이야ㅎ.."

(10년 전)
"나은아!"
내가 소리치며 뛰어갔다
"어? 지혜야! 여긴 어쩐 일이야?"
"어쩐 일이긴 마트에 뭐 사러오지 다른 게 할 게 있나?"
나은이의 물음에 내가 대답했다.
"어차피 같은 동이니까 같이가자"

내가 말했다.

"그래" 나은이가 누구냐고 물어본다면 난 항상 이렇게 말한다.

"내 베프"

그렇다. 나은이는 내 베프다. 집으로 돌아가는 길에 나은이가 조심스럽게 입을 열었다.

"지혜야. 있지 요즘 부쩍 예원이가 날 괴롭히는 기분이 들어. 내 착각일까? 내가 뭘 그렇게 잘못했지?"

나은이의 물음에 내가 할 수 있는 답은 딱 한가지였다.

"걱정마. 예원이는 널 싫어하지 않아. 니 기분 탓이야. 괴롭힌다니.."

뻥이다. 나도 안다. 예원이는 요즘에 은근 나은이를 따돌리고 괴롭힌다.

하지만 어쩌겠는가. 내가 할 수 있는건 위로와 격려뿐.. 더는 나댈수 없다. 안 그럼 예원이가 나도 괴롭힐 테니까.

예원이는 5학년 이지만 우리 학교 학생 모두가 무서워 하는 일진이다. 6학년도 예원인 건들지 못한다. 심지어 학교 이사장님 딸이라 선생님들 한테도 특별대우를 받는데... 그 누가 예원이 말에 토를 달겠는가..

내일 학교에 가면 나은이는 또 당하겠지? 내일은 나은이 편을 들어줘야 되는데.. 벌써부터 예원이가 무섭다..

"지혜야!!" 나은이가 소리쳤다.

".. ㅇ..으응?"

"무슨 생각을 하길래 아까부터 얘기했는데 못 들어?"

"아.. 미안.. 깜빡 다른 생각을 했지 뭐야?ㅎ"

깜짝아.. 놀랐네.. 나은이는 내일 보자는 말과 함께 집으로 가버렸다. 화난걸까? 내가 얘기를 듣지 않아서? 이런저런 생각을 하다가 자니 벌써 아침이었다. 난 빨리 준비해 학교로 갔다.

교실에 들어서자 침묵이 흘렀다... 뭐지? 하고 있으니까 짝꿍이 말했다.

"아까 나은이가 왔을 때 책상에 우유가 부어져 있고, 낙서되어 있고 해서 나은이가 울면서 나갔거든? 근데 최예원 무리가 따라 나갔어"

나는 덜컥 겁이 났다. 예원이가 나은이에게 해코지라도 하면 어쩌지?

나는 가방을 내려놓자마자 교실을 뛰쳐 나갔다. 학교 뒤뜰로 가보니 나은이와 예원이 무리가 보였다. 난 겁이 났지만 앞으로 나아갔다.

"예원아.. 나은이 괴롭히지마!"

예원이가 피식! 하고 웃는게 보였다.

"괴롭히긴 무슨? 우리 대.화. 하는거야 그니까 꺼.져.줄.래?"

나는 짐작했다. 아.. 이건 경고구나. 안 꺼지면 때리겠다는 경고..

그래도 난 친구를 놔 두고 갈수 없었다. 그래서 말했다.

"아니! 나은이랑 같이 갈 거야. 그니까 나은이도 보내 줘"

예원이가 웃으면서 말했다.

"ㅋㅋ 귀가 먹어서 말귀를 못 알아 듣나? 난 너에게 선택권을 준 게 아냐."

예원이의 눈에 살기가 가득했다.

"나은이도 같이 보내 달라니..컥"

나는 말하다 예원이에게 명치를 맞았다. 예원이와 그 무리들은 나를 짓 밟기도 하고 발로 차기도 했다. 그 모습을 보다 못한 나은이가 말했다.

"예원아.. 미안해.. 내가 잘못했으니까 이제 그만해.."

예원이는 그 소릴 듣고 나에게 침을 한번 뱉은 다음 사라졌다. 나은이가 달려와 물었다.

"지혜야.. 괜찮아?"

사실 괜찮지 않았지만 괜찮다고 했다. 교실로 가면서 나은이가 말했다.

"있잖아, 지혜야, 모든게 나 때문인 거 같아. 내가 이 세상에서 사라지면 너도 안 맞지 않을까?"

나은이의 말에 난 심장이 멈추는 줄 알았다.

"김나은!! 그게 무슨 바보같은 소리야!"

내가 소리치자 나은이는 알 수 없는 씁쓸한 미소를 모였다.

"농담이야, 농담."

나은이는 농담이라 했지만 왠지 모르게 난 불안해졌다.

난 나은이와 헤어져 집에 도착한 다음 엄마에게 물었다.

"엄마, 누가 죽으려고 하면 어떡해?"

그러자 엄마는 잠깐 고민하다 대답했다.

"말려야지. 또 안 죽게 같이 다니면서 놀기도 하고, 그 애의 인생을 행복하게 해줘야겠지? 왜, 누가 죽으려고 해?"

엄마의 말에 난 속으로 말했다.

'나은이가'

하지만 엄마에게는 궁금해서 물어본 거라고 했다.

아침이 되자 난 나은이에게 학교가게 나오라 했다. 나은이는 아무말 없이 나왔다. 내가 물었다.

"나은아! 오늘 어디가? 나랑 마라탕 먹으로 가자!"

하지만 나은이는 일이 있다고 했다. 나은이에게 무슨 일이냐고 묻고 싶었지만 참았다.

학교가 끝나고 집으로 가는 길에 골목에서 소리가 나길래 가 보았다. 거기엔 나은이가 있었다.

"나은ㅇ.."

난 나은이를 부르다 멈칫했다. 옆에 예원이와 그 무리가 있었기 때문이다. 나는 직감했다. 무슨 일이 일어나겠구나..라고.. 난 몰래 촬영을 했다. 나은이에게 무슨일이 일어 났을 때, 증거로 가지고 있으려고... 예원이가 입을 열었다.

"내놔"

그러자 나은이가 말했다.

"갖고 오려 했는데, 얼마 없어서 5만원 밖에 못 가져왔어."

나는 내 귀를 의심했다. 5만원? 최예원... 쟤 무슨 생각인거야... 난 깜짝놀랐다.

"5만원? 내가 10만원 정돈 가져오라 했지?"

예원이의 말이 더 충격적이었다. 학생이 그것도 5학년이 10만원이 어디 있겠는가? 나는 충격에 빠져 뒷걸음질을 쳤다.

그러다 실수로 뒤에 있던 음료수 캔을 밟고 말았다. 그 소리를 들은 예원이는 웃으며 이쪽으로 걸어왔다. 걸어오면서 예원이는 말했다.

"ㅋㅋ쥐새끼가 숨어 있었네?"

그 말에 난 소름이 돋았다. 난 옆 풀숲으로 황급히 숨었다. 예원이가 날 찾지 못하도록. 예원이는 주위를 둘러보다 풀숲으로 다가왔다. 난 눈을 질끈 감고 숨을 참았다.

갑자기 예원이 뒤에서 부스럭 소리가 났다. 예원이가 뒤를 돌아보았다. 거기엔 고양이 한 마리가 있었다.

예원이는 말했다.

"뭐야? 고양이잖아, 누구는 고양이 덕에 살았네"

그러면서 풀숲을 한번 웃으면서 쳐다보고 갔다. 난 등골이 오싹해졌다. 난 숨어서 조용히 집에 갔다.

아침이 되자 난 서둘러 학교에 갔다. 가서 선생님을 찾았다.

난 선생님께 어제 내가 찍은 동영상을 보여준 뒤 나왔다. 교실로 오자 반장이 소리쳤다.

"예원아, 선생님께서 부르셔, 연구실로 가봐!"

예원이는 연구실로 갔다. 예원이는 얼굴이 벌게져서 돌아왔다.

그 일이 있고 난 뒤, 예원이는 나은이를 더 괴롭혔다. 난 그걸 보고 죄책감이 들었다. 내가 괜히 그 사이에 껴서.. 영상이 나은이를 위한건지 아닌지 헷갈렸다.

난 나은이에게 전화해서 물었다.

"나은아! 괜찮아? 오늘 몸 아프다고 조퇴했잖아.."

그 말에 나은이는 대답을 하면서 의미심장한 말을 남겼다.

"응! 괜찮아.. 지혜야 이제까지 너무 고마웠어."

난 놀란 마음을 다시 잡고 말했다.

"으..응? 갑자기? 왜.. 무슨일 있어?"

"아니. 그냥.."

나은이는 애매한 답을 하고 전화를 끊었다. 난 너무 불안했다. 이제까지 너무 고마웠어? 무슨 의미지? 난 불안함을 가지고 잠자리에 들었다.

다음 날 아침, 난 불안함과 동시에 잠자리에서 일어났다. 나은이를 만나 학교에 가는 길 나은이가 무언가 달라진 것 같았다. 평소에 잘 다치지도 않던 얘가 밴드를 덕지덕지 붙인 것이다.

'이게 무슨 일이지?'

궁금증에 나는 나은이에게 물었다.

"아.. 아무것도 아냐!"

난 의심스러웠다.

그러다 문득 손에 붙은 밴드가 떨어져 상처가 보였다. 뭐에 긁힌 자욱 같았다. 난 설마 했다.

갑자기 무슨 생각이 머릿속을 스쳤기 때문이다.

'나은이가 그랬겠어?'

난 불안감과 함께 속으로 생각했다.

난 학교에 가서 나은이를 살폈다.

오늘따라 문득 나은이의 얼굴이 더 어두워 보였다. 난 나은이가 무슨 병에 걸린 줄 알았다.

하지만 그게 마음의 병 일줄은..

암튼 난 예원이를 찾았다. 예원이는 학교 뒤뜰에서 중, 고등학생 일진 선배들과 있었다. 일진 선배들은 담배를 피고 있었고 예원이도 그랬다. 청소년이 어디서 났는지 담배를 피고 있었다. 난 숨을 한번 크게 쉬고 뒤를 돌았다.

"예원아! 잠깐 시간 좀 내 줄 수 있니?"

예원이와 일진선배들은 날 위아래로 훑어 보았다. 예원이가 말했다.

"왜? 뭔데? 여기서 말해"

난 눈치를 보며 말을 꺼냈다.

"네가 나은이 좀 그만 괴롭혔음 좋겠어."

예원이는 정색했다. 그리고 입을 열었다.

"별 같잖은 게 나한테 이래라 저래라야. 꺼져"

그 말에 난 무서웠지만 마저 말했다.

"넌 당하는 사람 기분 신경 안써? 니가 당한다고 생각해봐"

예원이는 제대로 빡쳤다.

"야, 내가 꺼지라 했지? 간이 배 밖으로 나왔구나? 씨발.. 빨리 안 꺼져?"

난 재빨리 도망가며 말했다.

"꼰대!!"

ㅋㅋㅋ통쾌했다. 최예원, 꼴 좋다. 5학년이 돼가지고 일진에 담배나 피우고.. 그러다 지나가는 나은이를 보았다.

"나은아!!"

내가 웃으면서 인사를 건네자 나은이는 내 눈을 피했다. 나는 깜짝 놀랐다. 나은이가 왜 내 눈을 피하지? 내가 무슨 잘못했나? 궁금한게 많았지만 난 물어보지 않았다. 일단은 지켜보아야 겠다.

다음날, 난 학교에 도착하자마자 나은이를 찾았다. 하지만 나은이는 자리에 없었다. 난 자리에 가방을 두고 아이들이 있는 곳으로 갔다.

"얘들아! 나은이 봤어?"

내가 물었다

"아니"

윤서, 수아, 하윤이가 동시에 답했다.

나와 나은이, 윤서, 수아, 하윤이는 5총사다. 항상 함께 다닌다.

근데 요즘엔 부쩍 나은이가 우릴 멀리하는 느낌이 든다. 이게 무슨 일이지? 우리는 우정의 맹세 까지 했다. 어떤 일이 있어도 우리 우정은 변함없다고.. 고민이 있으면 상담도 해주고 서로가 힘이 되주는 사이가 되자고 몇차례 맹세했는데..

나은이는 이제 우리가 싫어진 걸까? 이젠 우리도 멀리하고 최예원 무리에 껴서 다닌다. 아무리 협박을 당한다 해도 이건 너무한다고 생각한다.

아무리 그래도 어떻게 우리한테까지도 말을 안해줄 수 있지? 이런저런 생각에 난 수업이 끝난지도 몰랐다.

"야!"

날 부르는 소리가 들려 뒤를 돌아보았다.

"어? 얘들아!"

수아와 윤서, 하윤이가 날 기다리고 있었다.

"넌 집에 안가냐? 뭔 생각을 그렇게 해?"

수아가 물었다.

"아.. 그게 있잖아 요즘 나은이가 우릴 멀리하는 것 같아서..ㅎ"

난 솔직하게 내 감정을 털어놓았다.

"아 그거? 나도 좀 느끼긴 했는데.. 뭐 나은이가 말 못할 힘든 일이 있나보지"

수아는 어쩜 저리 한결 같을까? 그게 수아의 장점이고 매력이긴 하지만..

그래도 불안함은 쉽게 가시지 않았다. 나은이한테 무슨 일이 생긴 건 아니겠지? 이런저런 생각을 하다보니 벌써 집 앞이었다.

"얘들아 잘가!"

내가 인사를 하고 아파트 입구를 들어서는데 나은이가 보였다.

"나은아!"

내가 나은이를 부르자 나은이는 뒤를 돌아보다 흠칫 놀라며 앞으로 뛰어갔다.

난 나은이에게 보란 듯이 무시당한 것이다.. 나은이는 이제 내가 싫은 걸까?

난 집에 들어갔다. 방에 들어가 숙제를 하려다 엄마의 부름에 거실로 나갔다.

"지혜야! 여기 앞 두부집에서 두부좀 사와"

난 피곤한 몸을 이끌고 집을 나섰다. 두부집으로 가던 중 예원이 무리를 만났다.

아니나 다를까 나은이도 그 사이에 껴 있었다. 나은이는 호랑이 앞의 겁먹은 아기 고양이처럼 서 있었다.

난 나은이가 안쓰러웠다. 왜 예원이 무리의 표적이 됐을까? 나은이를 도와주고 싶었지만 선뜻 나서지 못했다. 저번처럼 나은이가 더 괴롭힘 당할까봐 무서웠고 내가 나은이를 도와주다 예원이 무리한테 협박 당하고 맞을까봐 무서웠다.

난 지켜볼 수밖에 없었다. 난 얼른 자리를 피해 두부집으로 갔다. 아직 다리가 후들거렸다. 난 겨우 두부를 사 집으로 돌아갔다.

난 집에 가서 숙제를 덮고 생각에 빠졌다. 나은이를 도와주고는 싶은데 용기가 안난다. 내가 어떡해야 할까?

다음날 난 일찍 눈이 트였다. 아침밥을 먹고 모든 준비를 다 끝냈는데 7시 밖에 안 되었다.

난 집에서 나와 학교를 향해 걸었다. 가면서 어제 일을 생각해 보았다. 내가 어떻게 해야 할까? 나은이를 도와주기엔 내 용기가 턱 없이 부족했다.

이런저런 생각에 학교를 도착해 보니 수아, 윤서, 하윤이가 앉아 있었다.

난 가방을 내려놓고 말했다.

"얘들아..내가 말 안한게 하나 있는데.."

내가 주저하자 윤서가 말했다.

"걱정마 지혜야. 우린 언제나 네 편이야"

그 말을 들으니 힘이 났다.

"내가 말할라 한 게 뭐냐면.. 내가 몇일 전에 나은이 손에 붙은 밴드를 봤는데 그게 떨어진거야. 그래서 봤는데 긁힌 자국 같은 거였거든? 근데 내 생각엔 나은이가 자해 한거 같아.."

자해라는 말이 나오자 아이들의 표정이 심각해졌다.

"정확히 봤어?"

하윤이가 물었다.

"응 커터칼로 손목을 그은 듯 한 느낌이었어.."

내가 말하자 아이들은 충격에 빠진 듯 했다.

내가 말했다.

"요즘에 예원이가 나은이를 많이 괴롭혔잖아.. 그것 때문에 나은 이가 부정적인 생각을 가진 게 아닐까..?"

나의 물음에 아무도 대답하지 않았다. 난 마저 말했다.

"내가 어제도 예원이 무리랑 나은이가 같이 있는 걸 봤거든? 근 데 나은이가 억지 웃음을 짓는 듯한 느낌이 들었어.. 내가 도와주고 싶었는데 무서워서.."

내가 말하는 걸 듣는 아이들의 표정은 점점 어두워 졌다. 우리 5총사 중 가장 침착하고 똑똑한 윤서가 제일 먼저 입을 열었다.

"내 생각엔 나은이는 심리 치료를 받아야 할 것 같아.. 커터칼 자해라니.. 그리고 예원이가 나은이가 자해한 이유의 핵심이라면 예 원이도 학폭위로 처벌받아야 하고.. 근데 문제는 증거가 없어. 다 심증만 있고 물증이 없잖아.. 우리가 나은이를 진심으로 도와주려면 증거를 모아야 해.. 예원이가 나은이를 괴롭힌다는 결정적인 증거.."

윤서가 말을 마치자 우리는 하나같이 입을 다물었다.

정적을 깨고 입을 연 사람은 수아 였다.

"근데 증거는 누가 모을건데? 니네 자신있어? 우리가 증거 모은 다는 거 알면 걔가 과연 가만히 있을까?"

수아의 말 한마디에 분위기가 싸해졌다. 그러자 하윤이가 말했 다.

"그럼.. 우리 나은이가 말해줄 때 까지 기다릴까? 괜히 끼어들었다가 나은이도 다칠수 있고.. 솔직히 나은이 도와주려다 내가 다치면 어떡해.."

하윤이의 말에 우리는 부정할수 없었다. 모두 하윤이와 같은 생각을 했기 때문이다.

우리는 이런저런 얘기를 하다 좀 기다려 보자고 결론을 냈다. 나은이의 일로 우리 5총사 사이가 조금 서먹해진 기분이었다.

다음날, 어제 생각을 좀 하느라 늦게 잤더니 지각을 하고 말았다.

일어나 보니 8시 43분 이었다. 난 식빵 하나를 입에 물고 빨리 집을 나왔다. 옷도 쭈글쭈글 해졌고 머리도 헝클어지고.. 난리도 아니었다.

겨우 학교에 도착해 보니 나은이 자리가 비어있었다.

선생님께 물으니 아파서 결석 한 거라는데.. 기분이 찜찜했다.. 찜찜할만한 게 나은이는 평소에도 건강해서 잘 안 아프던 아이다. 독감, 감기 별의별 바이러스는 걸린 적조차 없고 넘어져서 피가 나도 약 바르고 밴드 붙이면 끝이었다.

근데 그런 나은이가 아파서 결석을? 말도 안되는 일이었다.

나는 짐작했다. 오늘 나은이가 결석 한 것에는 분명 예원이가 관련되어 있다고, 난 내 생각을 우리 5총사에게 말했다.

"우리 계속 보고만 있어도 될까?"

윤서가 물었다.

"그럼 어떡하게? 선생님들 조차 이사장님 딸이라고 예원일 특별 대우 해주잖아. 근데 우리가 말해봤자 뭐가 달라져? 우리가 혼나겠 지. 괜한 의심했다고"

수아가 말했다. 수아는 말을 참 조리있게 잘한다. 토론할 땐 수 아랑 같은 팀을 하면 대부분 다른 팀을 이길 정도 이다.

암튼 우리는 결국 아무것도 못하고 헤어졌다.

근데 솔직히 예원이를 상대로 우리가 할 수 있는 건 없다. 그냥 보고만 있을 뿐., 예원이한테 찍히면 예원이가 실증이 날때까지 기 다려야 한다.

괜히 따지거나 당하는 애를 도와줬다간 내가 맞거나 예원이가 자기 아빠에게 일러 퇴학을 당하거나 둘 중 하나였다.

이사장님은 착한데 예원이는 왜 그런지 모르겠다. 이사장님은 공 정하신 분이다.

맨날 예원이가 거짓말로 일러서 그렇지. 자기가 애를 때려놓고 하지 말라 했다고 이사장님에게 걔가 자신보고 욕하고 때리고 삥 뜯었다고 이른다.

맨날 비슷한 수법으로 일러 퇴학당하게 만든다. 다 자기가 하는 거면서.. 더 어이없는건 아이들한테 협박해 누가 자기를 괴롭혔다 말하라고 시킨다.

그러니까 맨날 이사장님이 조사를 해도 똑같은 결과가 나오지.

만약 내가 나은이를 도와주다 퇴학당하면? 우리 엄마는 충격으 로 쓰러질 것 이다. 그러니 보고있을 수 밖에..

다음날, 이틀, 삼일, 일주일.. 벌써 금요일이다. 나은이가 학교에 아프다고 결석한지 일주일째,

난 점점 불안해졌다. 학교가 끝나고 친구들과 나은이의 집을 찾아가도 아프다고 안 나오고.. 예원이와 무슨 일이 있던걸까?

그러다 문득 나은이네 집 우체통을 보게 되었다. 모두 나은이 한테 온 것이다. 나는 두근거리는 마음을 다잡고 편지를 읽어 내려갔다.

나는 깜짝 놀랐다. 이건 협박편지였다. 나은이의 사진들과 함께.. 난 어쩔줄 모르겠어서 밖으로 뛰쳐나갔다.

금방이라도 누군가가 쫓아와 "니가 나은이한테 쓴 편지 읽었지?" 라고 말할것만 같았다. 내가 이런 생각을 할 때 나은이는 무슨 생각일까?

(-김나은)

언제 부턴가 예원이가 날 괴롭힌다. 자꾸 때리고 돈을 가져 오라 하고 부모님 가지고 협박하고..

난 너무 괴롭다.. 아무나 좋으니 나에게 손을 내밀어 주면 좋을텐데.. 많은걸 바라지 않는다. 그냥 옆에 있어주면 좋을텐데.. 옆에서 공감해주고 날 도와주는 친구 하나만 있으면..

얼마 전엔 내가 자해한 걸 지혜가 보았다. 밴드를 붙였는데 그게 떨어지는 바람에.. 난 놀라기도 했지만 은근 기대 했다.

지혜가 날 도와줄까? 내 옆에서 공감해주는 친구가 되어줄까?

하지만 기대와는 다르게 지혜는 내 눈을 외면했다.

난 심장이 떨어지는 것만 같았다. 지혜는 날 이해해줄 것만 같았는데.. 우리는 과연 친구였을까? 이런 생각들 때문에 점점 지혜를 멀리 하게 되었다. 나도 모르게 지혜를 피하고 있었다.

저번에는 지혜가 나와 예원이를 발견했다.

하지만 지혜는 내 눈을 피하고 뛰어가 버렸다. 난 너무 힘들고 속상했고 또 지혜한테 실망했다. 지혜는 날 이해해줄 것만 같았는데.. 이제 지친다.

얼마전 유튜브에서 자살시도와 자살을 하는 초등학생들이 많아졌다는 뉴스를 보았다. 그걸 보다 문득 내 상황이 떠올랐다. 나처럼 힘든 사람이 많구나.. 나도 죽을까? 아니지!! 내가 무슨 생각을 하는거람? 내가 죽으면 우리 엄마는 어떡하라고.. 내가 이런 생각을 하다니.. 충격이었다.

하지만 죽고싶은 마음이 있는 건 사실이다.

다음날에 학교를 가니 예원이네 무리가 또 나를 불렀다.. 또.. 예원이의 무리에게 시달리다 학교가 끝나니 앞에 지혜, 윤서, 수아, 하윤이가 가는 게 보였다.

나와 저 아이들은 5총사다. 서로에게 비밀을 털어놓자고 했지만 아직은 용기가 안 난다. 뒤에서 보니 꽤 심각한 얘기를 하는 거 같았다. 잘 들어보니 내 얘기 같기도?

내 얘기였음 좋겠다. 날 도와주자는 얘기였으면.. 하지만 아니겠지..ㅎ

난 집에 도착했다. 엄마는 아빠와 이혼하고 일찍 출근했다 늦게 퇴근한다.

그래서 항상 학교 갔다 오면 집에는 나밖에 없다. 나는 항상 혼자다. 집에서도 혼자, 학교에서도 혼자.. 저녁도 혼자 해결한다.

오늘도 라면이다. 이제 라면은 보기만 해도 실증난다. 다른 애들은 라면만 먹고 싶다고 하는데 난 아니다.

나는 집밥이 너무 그립다. 나도 라면말고 엄마가 해주는 밥이 먹고 싶다. 라면을 다 먹고 보니 6시 였다. 여름이어서 해도 늦게 지니 산책을 나가려고 준비했다.

현관을 나서니 이상한 쪽지가 있었다. 협박 편지 였다. 편지만 있는 게 아니었다. 날 몰래 찍은 듯한 사진들도 함께 있었다.

난 두려움에 휩싸였다. 주위를 둘러보았다. 누군가가 날 지켜보고 있다는 사실에 난 평소처럼 행동할 수 없었다.

분명 예원이 짓이다. 그러나 경찰에 신고해봤자 나만 나중에 더 괴롭힘 당할 거다. 난 경찰에 신고도 할 수 없고 그렇다고 내가 할 수 있는 것도 없었다.

난 무서워서 아프다는 핑계로 학교를 가지 않았다.

학교를 안 간지 일주일째 밖에서 소리가 들렸다. 지혜가 찾아온 것이다.

난 기뻐서 나가려 했지만 나가지 않았다. 아프다는 핑계로 지혜를 돌려 보냈다.

그런데 지혜가 우리집 우체통에 있던 협박편지와 내 사진들을 본 것 같았다. 지혜는 그것을 보고 뛰쳐나갔다.

난 앞으로 지혜한테 기대를 하지 않을 것이다. 아니, 아무한테도 기대하지 않을 거고 그냥 투명인간으로 살거다.

솔직히 아이들은 다 내가 활기차고 활발한 줄 알지만 아니다. 아무도 내 본모습을 모른다. 난 거짓말쟁이다. 나의 거짓말로 꾸며진 모습에 모든 사람들은 다 속는다. 난 우울증도 높다.

언젠가는.. '죽어 버릴까?' 라는 생각도 했다.

나는 항상 웃지만 웃고 있는 가면 속으로 난 운다.

하지만 아무도 모른다. 한명이라도 내 얘기를 진지하게 들어주면 좋을 텐데..

난 나은이를 못 도와줄 것 같다. 분명 협박편지 계략도 예원이가 꾸민 것 일거다. 내가 나은이를 도와준다면 예원이는 나한테도 비슷한 내용으로 협박편지와 사진들을 보낼 것이고 날 괴롭힐 것이다.

난 두렵다. 내가 뭘 해야 되는지도 모르겠고 어떻게 해야 되는지도 모르겠다. 그냥 모든게 너무 혼란스럽다.

그래도 나 하나쯤이야 안 도와줘도 되지 않을까? 내가 뭘 해야 되지? 내 마음이 너무 혼란스럽다.

내가 느끼는 감정이 뭔지도 모르겠다. 동정? 화남? 슬픔? 내가 나은이를 위해 뭘 해 줘야 되지?

아니 애초에 나은이는 왜 선생님과 부모님에게 예원이가 괴롭힌다고 말하지 않는거야? 나은이가 생각이 있어서 그러는 거겠지? 그럼 내가 괜히 끼어드는 거잖아..

다음날 학교에 가서 보니 나은이는 오늘도 나오지 않았다.

그런데 선생님께서 충격적인 소식을 알려주셨다. 나은이가 죽었다는 것이다.

심지어 자살.. 선생님께서 뉴스를 틀어주셨다. 뉴스에는 oo초등학교에 다니는 김*은 양이 자살했다고 나오고 있었다.

그 일로 경찰이 우리 학교에 왔다. 조사를 받다가 아이들도 이건 아니다 싶었는지 예원이가 괴롭혀서 그렇다고 다 말했다.

증거가 쌓이자 학폭위가 열렸고 예원이는 강제전학을 갔다. 이사장님에게도 많이 혼났는지 꼴이 말이 아니었다.

나는 나은이가 죽은 이유가 다 나 때문인 것 같았다. 내가 나은이를 도와줬다면 나은이에게 손을 뻗어 줬다면 나은이는 이런 비극을 맞지 않았겠지?

다 나 때문이다. 나는 죄책감 때문에 상담 치료를 받아야 했었다. 자꾸 눈 앞에서 나은이가 날 원망하는 것 같았다. 있을 때 잘했어야 했는데..

나는 하늘에 있는 나은이에게 진심으로 사과하고 나은이의 어머

님에게도 사과했다. 어머님은 날 용서해 주셨지만 나은이가 날 용
서해 줬는지는 모르겠다.

나은아.. 정말로 미안해. 내가 널 외면했어. 나도 나쁜 아이야.
방관만 했잖아. 너와 너희 어머님을 볼 면목이 없지만 이런 날 한
번만 용서해 주겠니?

(10년 후)

다시 떠올리기 싫은 기억들이다. 어릴 땐 내가 너무 바보 같았
지만 그래도 이젠 소중한 내 친구들을 절대 잃지 않을 것이다.

그러니 나은아!! 거기서 우리를 계속 지켜봐줘!

5장

성장일기

나눔

너 때문이야

이 종 원

　맑은 공기 푸르른 하늘 빛이 밝게 빛나는 어느 한 숲속 마을에 여우친구 심스가 살고 있었어요. 심스는 토끼, 거북이, 두루미 총 3명의 동물 친구들과 함께 동물학교에 다니고 있어 모두가 친한 친구 였어요.

　하지만 심스는 좋지 못한 태도가 한 가지 있었어요. 그것은 바로 심스는 잘못한 점을 사과하지 않고 무조건 남을 탓하는 친구였어요. "정말 이해가 안 돼! 왜 잘못을 했을때 무조건 사과를 해야하지? 사과를 하는것은 정말로 부끄럽고 자존심을 깎아내리는 일인데 말이야. 나는 절대로 사과를 하지 않을거야! 절대로!" 심스는 이러한 생각으로 잘못한 점을 반성하지 않아 다른 친구들과 많이 싸우고 선생님께도 많은 야단을 맞았지요.

　그러던 어느날이었어요. 여느 때처럼 심스는 동물학교에서 시간을 보내고 있었어요. 그런데 어쩐지 심스의 얼굴 표정이 좋아 보이지 않았어요. 왜냐하면 오늘은 심스가 제일 하기 싫은 당번일을 해야 됐기 때문이에요. 심스는 매우 당번일을 귀찮아 했어요 "귀찮아... 당번일은 너무 할 게 많단 말이야." 심스는 투덜대며 한 숨을 한 번 푹 쉬고서는 오늘 당번이 해야 할 일을 확인했어요. "보자... 칠판 지우개 물 떠오기, 칠판 지우기, 쓰레기 비우기, 교실 쓸기 ... 해야 할 일이 너무 많잖아!

　에휴... 일단 물 부터 떠오자..." 심스는 다시 한 번 탄식하며 물을 뜨러 갔어요. 심스는 양동이를 들고 물을 틀고서는, 양동이에 물이 넘칠 만큼 가득 채웠어요. 가득 채운 물 양동이를 보자 심스는 매우 만족스러워 하였어요. " 됐다! 이정도면 오늘 하루 종일 쓸 수 있겠지?" 심스는 물이 가득 들은 양동이를 들고 다시 교실로 향하였어요. 하지만 물을 가득 채운 탓인지 양동이는 매우 무거웠어 요. "으... 물을 너무 많이 담았나...?" 그리고 심스는 그만 교실을 들어가던 중 문턱에 걸려 넘어져 양동이에 있던 물들을 다 엎질러 버리고 말았어요. "헉! 큰일났다! 이거 어떻게 하지...?!"

　심스는 매우 당황하였어요. 그리고는 심스는 고민에 빠졌어요. " 음... 엎질러진 물을 치워야하나? 하지만 치우는데 시간도 많이 걸리고 치우기 귀찮은데..." 심스는 잠시 또 고민을 하다가 이렇게 말하였어요. "에이 몰라 누군가는 치우겠지 어차피 물 이라서 놔두면 언젠가는 알아서 마를테고~" 라고 말하며 심스는 엎질러진 물을 치우지 않고 그대로 놔뒀어요.

얼마 뒤 토끼 친구 토토가 교실에 들어가자마자 심스가 엎질러로운 물에 '으악!' 하고 소리를 내고는 그만 미끄러져 넘어지고 말았어요. 토토는 엎질러진 물을 보고 말하였어요. "아니 누가 여기에 물을 뿌린거야!" 마침 토토는 심스와 단 둘이 교실에 있었고, 토토는 엎질러진 양동이를 보고는 오늘 당번인 심스가 한 것 이라고 생각하였어요. 그리고는 토토가 심스에게 말을 걸었어요. "야 심스 너 혹시 물 뿌려놓은거 너야?" 그러자 심스는 고개를 끄덕이면서 "아까 내가 물이 담긴 양동이를 들고오다 넘어져서 물이 엎어졌어."

그러자 토토가 말했어요. "아니 그럼 물을 쏟은 너가 치워야 하는 거 아니야? 너 때문에 몸도 다쳤고 내 옷도 젖었어 당장 바닥에 있는 물도 치우고 나 한테 미안하다고 사과해줘" 그러자 심스는 토토를 바라보며 아무렇지 않다는듯 얘기 했어요. "사과? 사과를 왜 해 그럼 너가 조심히 안 미끄러지게 잘 다녔어야지 이건 내 잘못 아니야. 그리고 물은 시간이 지나면 저절로 마를거라고. 굳이 치울 필요 없어" 토토는 자신있게 말하는 심스를 보고는 할 말을 잃었어요. "아니 그래도 ..." 순간 토토가 말하는 데 심스가 끼어들어 큰 소리로 말했어요 "다 너 때문이야! 바닥을 안 살피고 넘어진 다 너 때문이라고!" 심스가 그렇게 말하자 토토는 너무 화가 났어요. 토토는 분통을 터트리며 말했어요. "칫! 심스 진짜 너무해! 당연히 사과를 해야 되는 게 당연한 거 아니야? 됐어, 심스 이제 너안 안놀아!" 그러고는 토토는 다시 교실 밖으로 나가버렸어요. 교실은 심스 그리고 엎어진 차 디찬 물과 양동이만이 남아 정적이 흐르고 있었어요. 심스는 아무 말 없이 그제서야 걸레를 가져와 물을 닦기 시작했어요.

엎질러진 물을 다 닦고 난 뒤 어느덧 시간이 지나고 체육시간이 되었어요. 체육시간에는 친구들과 함께 달리기 시합을 하는 수업 이었어요. 그러자 심스는 동물학교에서 두번째로 친한 거북이 친구 퐁이에게 달리기 시합을 하자고 제안했어요. 퐁이는 심스의 제안을 흔쾌히 수락하였어요. 심스는 이렇 게 말했어요 "저기 있는 나무 보이지? 저기 있는 나무를 짚고 다시 여기로 오면 승리 하는거야." 퐁이는 알았다고 대답하였어요. "자~ 그럼 준비~ 시작!" 심스가 외치자 심스는 재빨리 나무를 짚고 다시 돌아왔지만 퐁이는 아직 제자리였어요. 심스는 기분이 좋아 외쳤어요 "하하하! 내가 이겼다!"

퐁이는 다시 한 번 더 경기를 하자고 제안 하였어요. "음... 뭐 좋아" 심스는 기꺼이 다시 달리기 시합을 하기로 하였어요. "자 준비 됐지? 준비... 시작!" 심스는 말하자마자 나무를 짚고 다시 빠르게 돌아왔어요 역시나 퐁이는 너무 느린탓에 아직도 제자리였지요. 그러자 심스는 말했어요. "야 퐁이 너 너무 느린 거 아니야? 너랑 하니깐 재미없어 달리기 실력 좀 키워와" 라며 퐁이를 비난하듯 말했어요. 그러자 퐁이는 말했어요 "나는 원래 태어날때 부터 느리게 태어난거라 어쩔 수 없어"라고 말했어요. 그러자 심스는 말했어요 "아니 그런건 난 모르겠고 넌 지금 너무 느리니깐 날 이길려면 달리기 실력을 좀 키워와"

심스의 말에 퐁이는 자신의 단점을 고려하지 않고 무례하게 말한다라는 생각에 퐁이는 화가 났어요. "심스 너 정말 너무해. 내가 가지고 있는 단점을 무시하고 어떻게 그런 무례한 말을 할 수 가 있어? 당장 나 한테 사과해"라고 퐁이가 말했어요. 그러자 또 다시 심스는 큰소리로 말했어요 "다 너 때문이야! 달리기가 느린 퐁이 다 너 때문이야!" 큰 충격을 받 은 퐁이는 이렇게 말했어요. "나도 이젠 너랑 다시는 안 놀아!" 퐁이는 느린 발로 등을 돌려 심스와 반대로 가고 있었어요. 다시 숲속 운동장은 조용한 정적만이 흐르고 있었어요.

다시 어느덧 교실의 수업시간, 양양이 선생님의 수학 수업이 끝나고 심스의 가장 둘도 없는 친한 친구 두루미 서울이랑 같이 얘기를 나누고 있었어요. 이 둘은 서로 농담을 주고 받는것을 좋아했어요. 그러던 재미있게 얘기를 나누던 중 심스는 서울이의 긴 부리에 관심을 가지기 시작했어요 "우와 넌 부리가 엄청 길다" 심스는 다짜고짜 서울이의 허락도 없이 부리를 만졌어요. 서울이는 자신의 허락도 맡지않고 부리를 만지는 심스가 싫었어요 "심스야 나 한테 허락도 맡지 않고 부리를 마음대로 만지는 건 아닌거 같아 손 좀 놓아줘" 심스는 듣지도 않은 채 계속 부리를 만졌어요. 그러던 심스는 이렇게 말했어요. "야 근데 너는 이렇게 부리가 길쭉하면 물도 못마신다는데 진짜야?" 심스의 말에 조금 화가났지만 대답을 해주었어요. "아니 나도 물을 마실 수 있어" 그러자 심스는 또 다시 말을 걸었어요 "에게게... 못 마실것 같은데? 서 울이는 부리가 커서 물도 못마신대요~ 못마신대요~"

심스는 흥을 타며 놀리는 모습에 화가나여 서울이는 이렇게 말하였어요 "너 아까부터 내 허락도 없이 부리를 만지고 왜 그런 말을 하는거야 나는 지금 매우 기분이 상했어. 당장 사과해." 그러자 심스는 "에이 뭘 사과까지야... 친구끼리 농담 주고받는것도 안되는거야?" 그러자 심스는 다시 한번 서울이를 놀렸어요 "서울이는 부리가 길쭉해서 물을 못마신대요~ 못마신대요~" 그러자 서울이는 큰 소리로 말하였어요 "그만해!" 서울이의 큰 소리는 교실 전체를 장악할 만큼 소리가 컸어요. 심스도 그에 질세라 큰 소리로 말하였어요. "다 너 때문이야! 농담도 못 받아주는 서울이 다 너 때문이야!"

그 모습을 보다못한 양양이 선생님 은 심스를 따로 불러 상담을 진행하였어요. 양양이 선생님이 먼저 물었어요. " 심스야 무슨 일 있니?" 그러자 심스는 답했어요. "아니 친구들이 자꾸 저를 싫어해요 제가 뭘 잘못한 것인지도 잘 모르겠고요." 그러자 양양이 선생님이 친근하게 답해주었어요. " 혹시 심스 너가 친구들에게 상처를 주는 말을 하지는 않았니?" 심스는 곧장 대답했어요 "그건!... 그런데 친구들한테 모진 말을 해서 상처를 주었을 때 어떻게 해야 할지 잘 모르겠어요" 그러자 양양이 선생님이 말했어요. "그럴때는 미안하다고 다시는 그렇지 않겠다고 친구 앞에서 반성하는 모습이 가장 좋은 태도란다."

심스가 말했어요 "하지만 저는 사과 하는 게 너무 부끄러운걸요" 양양이 선생님이 웃으며 말했어요. "사과를 하는것은 전혀 부끄러운 행동이 아니란다 사과란 내가 잘못을 저질렀을 때 다시는 그런 행동을 반복하지 않겠다고 반성하고 용서를 구하는 태도가 바로 사과란다." 심스가 답했다 "정말요?" 다시 양양이 선생님이 답했다 "그럼. 너가 친구들에게 무엇을 잘 못했는지 한 번 떠올려 보렴. 그리고 그 친구에게 무슨 사과를 전해야 할지도 생각해보렴. 사과는 말만 해서 모든 게 끝나는 게 아닌란다. 말만 하고 반성은 안 하면 좋은 사과가 되지 못해 그러면 또 다시 똑같은 실수를 저지르게 된단다. 그렇게 되면 원만한 친구관계를 형성하지 못한단다."

양양이 선생님이 또 다시 말을 했어요 "선생님이 도와줄테니깐 마음에 준비가 되면 교실에 모여서 친구들에게 사과를 해보는건 어떻겠니?" 심스는 고민하다가 그렇게 해보겠다고 선생님께 말했어요. 그리고 잠시 뒤 다시 심스는 양양이 선생님께 찾아왔어요 심스는 양양이 선생님께 말을 걸었다. "선생님 저 친구들에게 사과 할 준비가 됐어요." 그러자 양양이 선생님은 교실에 친구들을 전부 다 불러다 모았어요. 심스는 매우 떨렸지요 떨리는 눈동자 떨리는 손 떨리는 발, 하지만 다시 예전처럼 친구들과 사이좋게 지낼려면 반드시 거쳐야 될 관문이었어요.

심스는 마치 염소가 우는것 같은 작고 떨리는 목소리로 "친구들아... 미안해..." 라고 말하였어요 심스의 목소리가 너무 작은 탓인지 아무도 듣지 못하였어요 그러자 옆에 있던 양양이 선생님이 심스에게 할 수 있다며 용기를 주었지요. 그러자 심스는 다시 한 번 용기있게 큰 소리로 "친구들아 미안해!"를 외치고 말았어요 교실에 있던 친구들은 모두 눈이 휘둥그레졌어요. 서울이는 말했어요 "오... 맙소사! 심스 너 그 말 진심이야? 심스가 사과를 하다니...!" 심스는 다시 한 번 말했어요. 그리고는 자기 자신이 잘못했 던 점을 말하며 용서를 구했어요 "토토야 미안해 내가 조금 더 빨리 물을 치웠더라면 너의 옷이 젖지않고 너의 몸 또한 다치지 않았을건데 정말 미안해. 그리고 퐁이도 미안해. 너의 단점을 헤아리지 못하고 너에게 상처가 되는 말을 했어 .정말 미안해 그리고 마지막으로 서울아 미안해 내가 너의 허락도 없이 부리를 만져버렸어 정말 미안해 용서해줘"

그리고 심스는 다시 한 번 더 반성을 하였어요. "너의 3명 모두다 미안해. 지금까지 내가 사과하는 법을 몰라서 너네들에게 상처가 되는 말들을 했던 것 같아. 하지만 이제는 그러지 않을거야. 왜냐하면 이제 나는 사과하는 법을 배웠거든. 아직은 서투지만 나는 앞으로 점점 사과하는법을 배워갈려고 해. 그리고 나는 이제 너네들에 게 용서를 구하고 다시 한 번 같이 잘 지내 볼려고 하는데 나를 용서해줄 수 있겠니?"

토토와 퐁이 서울이는 심스를 용서해줄지 말지 등을 돌려서 토론을 하고 있었어요. 등을 돌려서 토론을 하는 아이들, 아직까지도 떨고있는 심스. 왠지 양양이 선생님 눈에는 모든 게 다 귀엽게 보였어요. 심스를 용서 해줄지 결정을 다 한 3인방 토토와 퐁이 서울이는 심스를 용서해주기로 결정하였어요. 토토가 대표로 말했어요 "너의 그 무례한 행동은 잘못된 행동이 맞아. 백 번 아니라고 부인해도 그 사실은 달라지지 않지. 하지만 너가 그 잘못을 뉘우치고 진심으로 반성하는 모습을 보였기에 우리는 심 스 너를 용서해주기로 했어. 하지만 다음에도 똑같은 실수를 할 시에는 안 봐줄테니 명심하라고!" 심스는 그제서야 긴장이 풀려 상쾌히 '응!' 이라고 대답하였어요.

그 후로 숲속마을 동물학교는 평화가 찾아왔어요. 심스는 자기가 잘못을 한 일을 저지르면 먼저 다가가 사과를 하는 멋있는 친구가 되었어요. 그리고 심스는 더 이상 사과를 하는것이 부끄러운 것이 아니라는 것을 알게 되었답니다 어쩌면 잘못한 것이 있을때는 사과하고 나를 다시 되돌아보는 모습이 진짜 좋은 모습이 아닐까요?

동물원을 바꾼 카나리아

양지혁

어느 작은 마을에 사람들이 많이 찾는 동물원이 있었어요. 동물원은 작았지만 동물들은 서로 가족처럼 여기며 평화롭게 지냈어요. 다양한 동물들과 새들은 옹기종기 모여서 이야기를 나누며 하루하루를 보냈지요.

어느 날, 화려한 깃털을 가진 공작새가 동물원에 새로 왔어요. 공작새는 아름다운 날개를 펼치며 사람들의 이목을 이끌었어요. 매일 아름다운 공작새를 보기위해 많은 사람들이 동물원을 찾았어요.

어느 날 밤, 올빼미 한 마리가 공작새를 찾아와 이렇게 물었어요. "너는 어떻게 그렇게 인기가 많니? 나도 너처럼 되고 싶어"

그러자 공작새는 자기 부리와 깃털을 쓰다듬으며 이렇게 말했죠.

"미안하지만, 넌 나처럼 될 수 없어. 난 아름다운 털을 선천적으로 가지고 태어났으니 이런 거야. 너처럼 아침에 자는 올빼미는 예쁠 게 없어!"

그러자 올빼미는 놀란 듯 뒷걸음칠 쳤어요. 공작새는 다른 새들을 향해 말을 이어갔어요.

"너희들은 하나도 이쁘지가 않아! 잉잉거려서 짜증나는 벌새, 넌 너무 작아서 사람들이 볼 수가 없어! 사람들은 너가 모기라고 생각할 걸!"

공작새는 비난하는 말들을 다른 새들에게도 물 붇듯이 쏟아 붇기 시작했어요.

"그리고 너 파랑새, 넌 나처럼 파랑이지만 아름다운 무늬가 없잖아요, 그럼 아~무 쓸모가 없어!"

"나처럼 예뻐야지 살아남는다고!"

공작새는 다른 새들을 계속 비난하기 시작했어요. 다른 새들은 반박하려고 했지만 공작새의 말이 틀린 게 없어 풀 죽어 있었죠. 공작새의 비난을 들은 어느 새들은 울기 시작했어요.

어떤 새는 심지어 "그래.. 난 잘 하는게 하나도 없어… 사랑을 받지 못할거야.." 라고 말했죠.

공작새는 말했어요. "너희들은 완벽하지도 않아. 너희들은 아무리 노력해도, 나의 아름다움을 따라올 수가 없다고!" 공작새는 자신의 깃털을 자랑스러워 하며 말했어요. 동물원에는 한동안 정적이 흘렀죠.

다른 새들은 자신감을 잃어갔어요. 동물원에 사람이 찾아오면 자신의 약점이 부끄러워 구석으로 숨었죠. 공작새는 인기가 더욱 더 많아졌어요. 동물원은 하루하루 공작새만을 위한 동물원으로 변하는 것 같았죠.

그러던 어느 날, 새로운 새가 도착했어요. 바로 노랗고 아름다운 카나리아 새였어요. 사람들은 새로운 카나리아 새를 보려고 몰려들었어요. 카나리아는 사람들의 먹이도 잘 받아먹고 아름답게 노래도 잘 했어요! 모두 카나리아의 노래를 듣고 즐거워했죠.

밤이 되었어요. 사람이 모두 떠나가자 오리가 꽥꽥거리며 카나리아에게 다가왔어요. 오리는 이렇게 물었지요. "어떻게 하면 너처럼 될 수 있어? 나도 너처럼 되고 싶어!"
다른 새들도 이 질문에 관심을 가졌는지, 오리 뒤로 날아왔어요.
카나리아는 말했어요.
"나는 노래하는 걸 즐길 뿐이야. 너희도 각자 자기가 잘 하는게 있어. 오리, 너는 수영을 잘 하지. 까마귀야, 넌 머리가 좋아서 사람들에게서 먹이를 잘 먹어."
"너희 장점을 즐기고 살리려고 노력해봐!"
카나리아의 말을 들은 새들은 잃어버렸던 자신을 돌보고 자신감을 가지기 시작했지요.

다음 날 아침, 사람들이 동물원으로 몰려왔어요. 카나리아는 사람들이 다른 새들에게 관심이 가도록 노래를 하지 않고 기다리며 배려했어요. 새들은 밤 동안 찾은 자신들의 장점을 이용해서 열심히 날개 짓을 하고 노래를 불렀어요. 그랬더니, 사람들이 다른 새들 쪽으로 관심을 가지게 되었어요!

그날 밤, 새들은 기뻐했어요!
"다시 사람들이 우리 쪽으로 관심을 가지게 되었어!"
물총새와 키위새가 말했죠. 모두가 행복했어요. 한 새만 빼고 말이죠.
공작새는 도저히 납득이 되지 않았어요.
'어떻게 저 이상한 날개짓과 울음소리로 사람들을 유인할 수 있지? 카나리아가 나의 인기를 빼앗아갔어! 카나리아가 없어진다면 다시 사람들은 나를 찾을 꺼야!!'
화가 머리 끝까지 치밀어 오른 공작새는 카나리아의 둥지로 몰래 갔어요. 카나리아는 그것도 모른 채 단잠을 자고 있었죠. 공작새는 날카로운 발톱으로 카나리아를 공격하려고 했어요. 인기척에 놀란 카나리아는 깜짝 놀라 도망쳤어요! 공작새는 무섭게 카나리아 뒤를 쫓았죠! 그때, 카나리아를 도우려 온 새들이 공작새를 공격했어요. 친구들 덕분에 카나리아는 다치지 않았어요. 하지만 공작새는 깃털이 모두 망가지고 빠지게 되었어요. 이제 공작새는 볼품없는 새가 되어 버렸지요.

공작새는 다음 날, 몸을 숨기고 있어 어요. 자신이 제일 싫어하던 볼품없는 새가 자신이 되었으니까요. 하지만, 다른 새들은 자신들의 훌륭한 날개 짓과 노래를 사람들 앞에 선보였어요. 사람들은 더욱 더 다른 새들에게 관심을 가지기 시작했고, 새들은 이제 과거의 공작새 부러울 것 없는 자신만의 새가 되었어요! 모두 자기 자신을 사랑하며 행복하게 지냈답니다. 어느 날 밤, 공작새는 아무도 모르게 동물원을 빠져나갔어요. 공작새가 어디로 갔는지는 아직도 아무도 모른답니다.

신비한 전자상가

한온유

안녕! 나는 휴대폰이라고 해. 우와~ 너는 되게 사람들 같이 생겼..네? 뭐! 너같은 아이들이 가끔씩 오긴 했지만 말야. 어쩌다가 여기에 오게 된거야? 뭐 휴대폰을 사고 싶어서 엄마한테 떼를 써서 왔는데 길을 잃었다고? 걱정하지마! 어머니가 곧 찾아오실거니까 그러니까 그 전까지는 나랑 놀자!

아! 그건 그렇고 내가 그리고 네가 있는 이곳은 신비한 전자상가야! 이곳에는 다양한 전자제품들이 함께 살아가고 있어. 물론 낮에는 사람들이 많이 돌아다녀서 움직이지는 않지만 밤이 오면 우리는 자유롭게 전자상가를 돌아다니며 살아가고 있지. 물론 항상 평화롭지만은 않지만 말야 그래서 오늘은 너에게 이 밤의 신비한 전자상가의 때론 신기하고, 힘들고, 슬픈 일들을 들려줄게!

이건 며칠전의 일인데 말야… 평소처럼 내가 진열대에서 쉬고 있었는데 말이지… 내 친구 마우스가 말을 걸었어. "야! 휴대폰 너 여기서 뭐해?" "어 마우스야 무슨일이야?" "지금 여기서 뭐해! 지금 비디오랑 텔레비전 싸우고 있어 빨리 말리러 가봐" "뭐? 또? 에휴.. 걔네는 맨날 싸우는거 같네… 빨리 가자!"

그렇게 뛰어가는데 어휴; 얼마나 심하게 싸우던지…. "야! 비디오 텔레비전 그만해!" 이렇게 말려도 텔레비전이랑 비디오는 "야 말리지마 오늘은 텔레비전이 먼저 시비를 걸었다고!" "뭐라고?! 내가 언제 시비를 걸어 걱정해서 말해줬더니 니가 갑자기 나한테 달려들잖아!!" "둘 다 그만해!! 무슨일인데?" "후… 그러니까 내가 가만히 진열대에서 쉬고 있었는데 갑자기 텔레비전이 오더니 '요즘 사람들한테 인기없던데 괜찮아?' 라고 묻잖아 이게 어딜봐서 위로야!! 그냥 놀리는거지!" "아니야! 난 진짜로 위로할려고 한거란 말야!"

"물론 텔레비전이 한 말이 놀리는 것처럼 들릴수도 있지만 그래도 무작정 폭력을 휘두르면 안되지.." "나도 알아… 하지만 평소에 텔레비전이 하는 행동을 생각하면 화가난단 말이야… 그래도 앞으로는 무작정 화내지는 않을게 미안해 비디오.." "비디오 너도 사과해" "그래 나도 놀리듯이 말해서 미안해.." 이런일이 있었지…. 사실 걔네 둘이 싸우는건 한 두번이 아니야 하지만 그 아이들이 말을 잘 들었으면 좋겠어!

그렇지! 이번에 이 이야기를 해줄게 이건 슬픈 이야기니까 주의해 내 친구 세탁기에게 생긴 일이야.. "디지털 카메라야 어디가는거야?" "아… 세탁기구나.. 나 내일부터 우당탕탕 전자상가가 아니라 다른곳에서 살기로했어.." "뭐? 왜?" "나는 여기 있어도 별로 인기도 없고… 예전만큼 팔리지도 않으니까… 그래서 나랑 똑같은 디카들끼리 모여있는 곳에서 살기로 했어…" "뭐… 그냥 계속 여기서 살 수는 없는거야?" "물론 나도 그러고 싶지만… 있어도 며칠후에는 강제로 옮겨질테니까…. 삐삐할아버지처럼 시대에 맞지않는 기계들은 사라지는거지 뭐… 그리고 그것말고도 내가 가고싶어서 가는 거니까 그렇게 슬퍼하지마 알았지?" "…. 그곳에서도 잘 지낼수 있는거지….?" "당연하지 너도 잘지내고 세탁기야, 다른애들한테는 말도없이 갔다고, 고마웠다고 전해줘!" 그렇게 디지털카메라는 다른곳으로 이사를 가게 됐지… 세탁기가 얼마나 울었는지 몰라.. 안그래도 물이 많은 아이인데 눈물까지 많아져서 펑펑 울었었어…

물론 전자상가에는 슬프고 화나는 일만 있는건 아니야 행복하고 신기한 이야기들도 많지! 이번에 들려줄 이야기는 그런 이야기야! "옛날 어느 날 행복하게 살던 한 전자기기가 있었는데…" "김치냉장고 할아버지 저번에 들었던 이야기에요" "예끼! 이 놈아 이야기 아직 시작도 안했어! 그리고 니가 내 이야기를 얼마나 들었다고 그래 꼬꼬마 아기가!" "우쒸 저도 만들어진지 벌써 6년이나 된 무선 이어폰이거든요!!" "그래봤자 내가 봤을 때는 꼬꼬마 아이란다… 껄껄

껄""그래봤자 몇년째 안팔리고 신형 냉장고 형들한테 밀리는 할아버지면서.." "뭬야! 나도 언젠가는 꼭 팔리고 말거다 이놈아!" "네~ 다음 아무도 안찾는 고물 김치냉장고~" "이놈이!!" "하하 저 잡아보세요 할아버지~ 메롱~" "이..이놈이 아이고 허리야.. 내가 5..5년만 젊었어도…." 그렇게 김치냉장고 할아버지와 무선 이어폰은 서로 장난치고 서로 이야기하는 친구사이 같은 관계였어 신기하지? 보통 그런 신세대 전자제품이랑 구세대 전자제품은 서로 친해지기 힘들거든….

그런데 어느 날이었어. 김치냉장고 할아버지가 팔리지 않아 폐기된다는 소식을 안 무선이어폰이 할아버지를 찾아갔지 "할아버지! 폐기처분된다는게 정말이에요?!" "어...엄?! 그런 소리는 어디서 들은게야 할아버지는 절대 폐기되지 않아요~ 껄껄" "무슨 소리에요 제가 다 들었는데!" "에휴.. 그건 또 어디서 들은건지는 모르겠다만 원래 이런거 아니겠느냐 나이든 가전제품은 원래 그런거잖니" 그러자 무선 이어폰이 냉장고 할아버지한테 달라붙었지 "이놈아! 떨어지지 못해!" "저는 싫어요.. 할아버지가 폐기되든 안되든 저는 여기 있을거에요!" "아니.. 저 녀석이.. 그래, 마음대로 해라" 그리고 할아버지는 생각했지 '나중에 아침에 사람들이 데려가겠지'

그런데 그 때 신비하고 기적같은 일이 일어났지 어떤 손님이 할아버지를 산기로 한거야! 그리고 무선 이어폰도 사기로 했고 말야! 뭐? 너무 갑작스럽고 현실적이지 않다고? 세상에는 그런 기적같은

일들이 있는거지~

아! 그건 그렇고 너는 이름이 뭐야? 뭐? 민준? 사람들 같은 특이한 이름이네~ 그건 그렇고 지금까지의 이야기들은 어땠어? 좋았지? 그렇지?

그런데 말야 이 이야기들은 모두 같은 의미를 가지고 있어 그게 뭔줄 알아? 바로 '귀'를 열고 듣는거야. 귀를 닫은 채 서로 이야기 했기에 싸운 비디오와 텔레비전, 서로 듣고 서로의 마음을 이해한 채 헤어진 세탁기와 디지털 카메라, 그리고 마지막으로 서로 다른 세대임에도 서로의 이야기를 듣고 다름을 인정했던 김치냉장고 할아버지와 무선 이어폰까지 여기 있는 모두는 들었기에 싸웠고, 들었기에 헤어졌고, 들었기에 친해졌어.

모든 이야기의 주인공들이 한 건 똑같아. 들었다는 거지, 그럼에도 이야기의 주인공들은 다른 결말을 봤어. 그러니까 너도 잘 들어야해 지금까지 네가 들었던 이야기들은 모두 이 신비한 전자상가에만 있는 일들이 아니야 이곳말고도 어느곳에서나 일어날 수 있는 일들이지. 집에서도, 학교에서도, 회사에서도, 아니 모든곳에서 사람들은 이야기를 하고 듣고 살아가.

그러니까 민준아 너는 여기 나가서 말을 잘 하는 사람이 되는 것도 좋지만 그것말고도 잘 들을 수 있는 사람이 되었으면 좋겠어.

알겠지? 너는 잘 할 수 있을거야 왜냐하면 지금까지 내 이야기를 잘 들어줬잖아? 너처럼 이야기를 잘 들어주는 꼬마애는 처음이야~! 응? 네가 인간인지는 어떻게 알았냐고? 에이~ 말했잖아, 너말고도 많은 아이들이 왔었다고 말야. 뭐 지금은 모두 집에 있겠지만 말야, 그러니까 너도 집에 돌아가서 잘 지내야돼. 그리고 내 말 꼭 기억해! 잘 듣는 열린 귀를 가지는 사람이 되어야 해! 이제 일어나면 엄마가 기다리고 있을거야! 그럼 안녕~!

[자..잠깐만!] "민준아! 민준아! 일어나~ 여기서 자면 안돼!" "어.. 엄마? 엄마! 여기가 어디에요?" "여기? 얘도 참 네가 휴대폰 사고싶다고 해서 하도 떼를 써서 여기로 왔잖니" "아니..아니에요 엄마 나 휴대폰 필요없어요." "뭐? 왜?" "다시 생각해보니까 엄마가 했던 말이 다 맞는 거 같아요 휴대폰은 나중에 커서 사면 되죠 뭐 헤헤" "그래~ 어이구 우리 민준이 다 컸네~ 엄마가 하는 말도 잘 들어주고 그래 가자! 오늘은 맛있는 거 사줄게" "우와! 우리 엄마 최고!"

황금 깃털

김 숙 인

모두의 선망을 얻는 마법사의 집에는 아리라는 한 허세가 심한 여자아이가 있었어요

"후후 나는 모두가 좋아하는 마법사의 딸이라고!"

당연히 모두가 그 아이도 마법사가 될 거로 생각했어요. 그렇게 마법사의 기질을 가진 아이들이 가려지는 2월 29일. 그날이 되기까지 아리는 만나는 이에게 모두 자신은 선망을 얻는 마법사의 딸이라며 자신은 위대해질 거라며 허세를 부렸어요. 그리고 2월 29일이 되는 날 마법사가 되는 아이에게 오는 신비한 황금 깃털은 아리에게 오지 않았어요 그러자 아리를 모두 선망했던 사람들은 아리를 험담했어요

그렇기에 아리는 너무 속상했어요 그러자 늦은밤까지 울던 아리는 자기 친구이자 가족인 자신의 새끼 고양이 꼬망이를 안고 자신의 마음을 털어놓었어요

"내가...마법사가 안 됐어....내가 모두에게 거짓말을 한 거랑 똑같은 거야 너무 속상해..모두가 나와 관련된 나쁜 말을 퍼트리고 있어 난 정말 나쁜 아인가 봐 너무 미안하고 내가 너무 미워"

그러자 꼬망이가 말했어요

"아니야 아리야.. 물론 허세를 부리는 것은 나쁜 일이긴 해 그렇지만 넌 반성을 하고 있잖니 그걸로 너는 착한 아이라는 증거야"

아리의 눈물을 혀로 닦아주며 꼬망이가 말했어요

"내가 도와줄게"

꼬망이는 열린 창문밖으로 나가 신문사 고양이 한지에게 이 사실을 말해주었어요

"아리가 자기가 잘못한걸 알고 있어..이걸 너희 주인과 너의 친구들에게 말해주면 안돼?"

"이걸 믿어도 되는지는 모르겠지만 알겠어.."

한지는 못 믿었지만 꼬망의 간절한 부탁에 주인과 친구들에게 말했고 이 말은 멀리멀리 퍼져 이내 이 내용은 신문에 실리며 모두가 알았어요

그리고 모두가 아리를 찾으며 해명과 사과를 부탁했고 아리네 집

에 왔어요. 하지만 아리는 두려웠어요. 모두가 또다시 자신을 험담하며 또다시 상처를 입을까 봐요. 하지만 꼬망이는 용기를 주었어요

"너도 해명해야지! 안 그러면 넌 그사람들에게 허세쟁이 아리로 남는다고!!"

이말에 아리는 용기를 얻었어요. 그리고 조심스럽게 사람들이 모여있는 대문에 다가갔어요

"저...저기..."

모두가 조용히 하며 아리의 말에 귀에 기울였어요.

"제가..허세를 부리고 죄송합니다..."

그러자 사람들은 흥분을 가라앉히며 아리를 용서하며 자신들도 사과했어요

"우리도 험담하며 너를 몰아붙여서 미안하구나.."

그러자 아리는 고개를 돌리며 말했어요

"아니요...당연히 이해해요...저도 꼬망이덕분에 용기를 얻은걸요 안그랬다면 저는 더 허세를 부리며 지금보다 더 미움받았을거에요...용서해주셔서 감사합니다"

빛나는 모두의 마음 같은 빛나는 무언가가 하늘에서 내려왔어요. 바로 신비한 금빛 깃털이 말이죠

이 깃털을 가진 아리는 훗날 허세쟁이 아리라는 이름 대신 위대하며 겸손한 마법사가 되었으며 꼬망이는 친우를 잘 아끼며 용기있

는 반려묘상을

축구공이 가져다 준 선물

김 인 엽

평소처럼 학교가 끝난 방과후에, 현이는 평소처럼 학교 운동장에서 친구들과 함께 신나게 축구를 하고 있었어요.

"여기 패스! 패스! 슛! 슛! 와 골~~~!!" 이번에는 현이가 공을 받게 되었어요. 현이는 자신의 현란한 발재간으로 상대팀 수비수들을 제치고 공을 골대에 차 넣으려는 그 순간! 공은 높이 떠버렸고 쨍그랑 소리가 나면서 학교 체육관의 창문유리가 깨지게 되었어요. 당황한 현이와 친구들은 곧바로 학교 운동장에서 도망쳤어요. 모두들 도망쳤으니 다행이라고 생각했지만, 현이는 자신이 유리창을 깨뜨렸기에 마음이 영 편하지 않았어요. 다음 날, 학교에서는 현이의 반 담임선생님께서 어제 방과후에 학교 체육관 유리창이 깨진 사실에 대해서 반 학생들에게 말씀하셨어요.

"얘들아 어제 방과후에 학교 체육관의 유리창이 깨졌단다. 근처에 축구공이 놓여져 있던걸로 봐서는 누가 축구공을 잘못 차서 깨진 것 같다고 하시던데, 혹시 어제 방과 후에 축구 한 사람 있니?" 선생님이 유리창 이야기를 하신 순간, 현이의 심장이 쿵쾅거리기 시작하며 식은땀이 났어요. 현이는 자신이 축구했다는 사실을 선생님이 알게 되시면 유리창을 깬 범인이 자기라는 사실을 들키게 될까봐 아무 말 하지 않고 가만히 있었어요.

그런데, 갑자기 민주라는 친구가 일어서서 이렇게 말했어요. "선생님 어제 현이가 방과후에 축구를 한 것을 제가 봤어요. 그러자 선생님께서 현이에게 "현아, 어제 학교 끝나고 방과후에 축구 했니?" 라고 물어보셨어요. 갑작스러운 질문에 현이는 당황하며 말을 더듬었어요. "아..아.니요.." 라고 선생님께 거짓말을 하고 말았어요. 선생님께서는 다시 이렇게 말씀하셨어요. "그래? 현이 너 매일 방과후마다 친구들하고 축구하지 않니? 내가 퇴근하면서 몇 번 본거 같은데? 현이는 "아 어제는 제가.. 제가 학원이 있어서 친구들과 축구하지 못하고 학교 끝나고 집으로 갔어요." 라고 대답했어요.

그리고 난 뒤, 선생님께서는 "알았다. 이건 나중에 다시 이야기해보고 일단은 수업을 시작하자."라고 하시며 수업이 시작되었어요. 수업이 시작되었지만 현이는 수업에 전혀 집중할 수가 없었어요.

사실 어제 유리창을 깨뜨리고 난 뒤 도망치며 민주를 우연치 않게 보았거든요.

만약 민주가 자신이 거짓말을 하고 있다는 사실을 선생님께 일러 바친다면, 현이 자신이 거짓말을 했다는 사실과, 유리창을 깨뜨린 범인이 자기자신이라는 것이 모두 들통나게 될테니까요. 그리하여 현이는 민주를 설득하여 자신이 유리창을 깨뜨렸다는 사실을 숨기고자 했어요.

수업이 끝나고, 쉬는 시간이 되자, 현이는 민주의 자리로 찾아가서, 민주에게 "민주야, 내가 어제 축구를 했다는 사실을 제발 아무한테도 말하지 않아주면 안될까?" 그러자 민주가 "싫어, 내가 왜? 어제 유리창을 깨뜨린 것도 너잖아. 내가 다 봤어. 너 어떻게 그렇게 뻔뻔하게 거짓말을 할 수가 있니? 네가 저지른 일이면 네가 그 책임을 져야지." 그래서 현이가 "아니, 생각해 봐. 유리창을 깨뜨린 것이 나라는게 밝혀지면, 부모님하고 학교 선생님들께 혼나는 것은 물론이고, 또 나한테 어떤 벌을 줄지 몰라. 방과 후 학교 대청소 같은 끔찍한 벌을 내릴수도 있잖아." 다시 민주가 "음.. 근데 그건 내가 생각해야 할 게 아닌데? 어쨌든간에 잘못은 네가 한 거잖아. 네가 한 잘못에 대한 책임은 네가 져야지." 라고 말하자, 현이는 "야 박민주! 진짜 그럴래?" 라고 화내며 자기 자리로 돌아갔어요.

학교가 끝난 방과 후 시간이 되었지만, 현이는 신나지 않았어요.

자신이 유리창을 깨뜨린 것 때문에 방과 후 학교 운동장 사용이 금지되었거든요. 학교가 끝나고 곧바로 집으로 간 현이는 고민했어요. 자신 때문에 다른 친구들이 피해를 본 거 같아서 마음이 영 편하지 못했고요.

또, 학교에서 민주가 자신에게 한 말이 계속 귀에 맴돌았어요. "네 잘못에 대한 책임은 네가 져야지." 가족들과 함께 저녁식사를 하는 도중에도 현이는 계속 민주가 한 말이 생각났어요. 그래서 현이는 아빠에게 질문 했어요. "아빠, 내가 잘못한 일에 대한 책임은 꼭 내가 책임져야 해?" 그러자 현이의 아빠는 "갑자기 왜? 우리 현이 뭐 잘못한 일이라도 있어?"

현이는 부모님께 자신이 저지른 잘못들을 모두 털어놓았어요. 그후 현이의 엄마가, "우리 아들 그런 생각도 하고 정말 기특하네. 자기가 잘못한 행동에 대한 책임을 져야 한다는 생각도 할 줄 알고, 안 그래요, 여보? 현이의 아빠도 "맞아, 우리 아들 정말 생각이 깊은걸?" 현이는 자신의 생각과는 다르게 부모님께서 칭찬해주시는 걸 보고는, 내일 선생님께 말씀드려야겠다고 생각했어요. 그리고 민주에게 문자 메시지를 보냈어요. "민주야, 생각해보니까 정말 내가 잘못한 거 같아. 내일 선생님께 내가 한 짓이라고 사실대로 말씀드려야겠어." 민주는 이렇게 답장했어요. "그래 현아, 좋은 생각이야. 네가 그렇게 생각해서 정말 다행이야." 현이는 민주에게 고맙다고 메시지를 보낸 뒤, 잠자리에 들었어요.

다음날 아침 학교에서 현이는 담임선생님께 자신이 학교 유리창을 깨뜨렸다고 말씀드렸어요. 선생님께서는 "그래 현아, 쉽지는 않았겠지만 용기내어 사실대로 말해줘서 고마워. 우리 둘이서 같이 너의 잘못에 대해 책임져보자." 라고 말씀하셨어요. 현이는 고개를 끄덕이며, "그런데 어떻게 해야 할까요?"라고 선생님께 여쭈어봤어요. 그러자 선생님께서, "방과후에 너랑 나랑 같이 체육관 창문에 쓰일 유리를 사러 가자꾸나. 그리고 축구공도 많이 낡았던데, 새 축구공도 사러가자." 라고 말씀하셨어요. 현이는 너무 기뻐서 크게 소리 질렀어요 "네!"

선생님께서 말씀하셨어요. "현아, 내가 왜 너에게 새 축구공을 사주는지 아니?" 현이는 고민하다가 "음.. 아뇨 잘 모르겠어요" 라고 말했죠. 선생님께서 "그 이유는 바로 너의 그 '책임감' 있는 모습이 기특해서 그런거란다. 현이가 좋아하는 축구도 '책임감'이 정말 중요한 스포츠야. 현이 네가 팀에서 네 역할을 책임감 있게 수행할 때, 그럴 때 팀이 비로소 승리할 수 있게 되잖니? 그리고 어른들중에서도 자신의 잘못에 대한 책임을 지지 않으려고 하는 사람들이 정말 많은데, 이 어린 초등학생이 그 생각을 하는 모습이 너무 선생님한테는 예뻐보였어. 앞으로도 축구를 할때라던지, 네가 잘못을 했을 때 라던지, 그때 꼭 책임지는 사람이 되길 바래서 새 축구공을 사주는거다!" 현이는 다시 한번, "네!!"하고 전보다 더 크게 외쳤어요

그 날, 현이는 헌 축구공으로부터 두가지 선물을 받게 되었어요
바람이 빵빵하고 묻은때 하나 없이 깨끗해 빛이나는 새 축구공과
그 축구공보다 더 빛나는 '책임감' 말이에요.

우리의 미래

김 소 윤

1. 눈이 품은 소원

입을 열자마자 쏟아지는 입김으로 보나 한기에 금세 시려지는 손으로 보나 아침 일찍 엄마가 가벼운 당부와 함께 챙겨준 두꺼운 옷으로 보나, 겨울이었다. 김혜윤은 사뿐사뿐 그러나 꾸준히 흘러와 찾아온 겨울의 추위에 손에 입김을 불어 넣으며 종종걸음으로 학교로 향했다. 시린 손은 입김만으로 데워지지 않았지만 익숙한 장소로 향하는 혜윤의 발걸음은 힘차고 당찼다. 추운 겨울 날씨를 뚫고 혜윤이 향한 곳은 6년 동안 함께해 익숙하다 못해 친숙하게 느껴지는 포항제철초등학교였다. 포항제철어린이집부터 포항제철유치원,

마지막으로 지금의 포항제철초등학교까지 혜윤은 항상 포항제철과 함께했다. 아마 중학교 때도 고등학교 때도 포항제철로 가게 되겠지. 혜윤은 또 한 번의 졸업을 거쳐 포항제철중 학교의 학생이 될 시간이 머지않았다는 생각에 눈앞에 나타난 학교가 사뭇 다르게 느껴졌다. 한 달 뒤면 이 학교도 어린이집처럼, 유치원처럼 뒤로한 채 또 한 번 새로운 곳으로 향하게 될 것이다.

잠깐의 낯섦은 당연히 혜윤이 6년 동안 마주 봐왔던 곳을 완전히 낯설게 느끼게 만들지는 못했다. 한 달 뒤 이곳을 떠난다 해도 오랜 시간 동안 함께했던 이 장소가 바로 낯설게 변하지는 않는 법이었다. 혜윤은 6학년 교실로 향하는 계단을 오르며 꽁꽁얼어붙은 손을 맞댔다. 신발장에는 혜윤보다 빨리 오는 아이들의 신발이 이미 자리해 있었고 7번 혜윤의 자리에는 언제나 그랬듯 실내화가 놓여 있었다. 너무나 익숙한 풍경이라 어렸을 때는 하루하루 그냥 지나쳐 버렸던 대상들이었다. 학기 초에만 새 교실을 찾고 번호를 기억하고 새로운 친구들과 친해질 뿐 시간이 지나면 낯설게 느껴졌던 교실도 익숙하게 느껴졌고 작년과 다른 번호도 원래 자신의 것으로 느껴졌으며 새로운 친구들 역시 길에서 마주친다면 알아볼 수 있는 아이들이 되어 있었다. 시간이 흘러간다는 건 그런 것이었다. 새롭게 느껴졌던 것이 더 이상 새롭지 않게 되고 처음엔 변화였던 대상들이 일상으로 바뀌는, 마법 아닌 마법을 선사하는 것.

혜윤의 발걸음은 복도 끝의 6학년 3반 교실로 향했다. 문을 열고 들어선 교실은 아이들 몇몇이 이미 자리를 잡고 스마트폰이나 책을 꺼내 든 평소와 다름없는 월요일 아침의 모습이었다. 혜윤 역시 11월 자신의 자리에 어깨를 짓누르던 가방을 내려놓고 책과 온갖 준비물들 사이에서 공책과 볼펜 한 자루를 꺼냈다. 취미 삼아 쓰던 단편소설도 아니고 그렇다 해서 장편소설이라 부르기도 뭣한 이야기를 계속하기 위함이었다. 어쩌면 혜윤의 지금 심정을 대변해 주는 소설이라 부를 수도 있었다. 8살 때부터 시작한 글쓰기는 이제 혜윤의 취미생활이자 꿈이 되었다.

혜윤은 간간이 들려오는 게임에서 패배한 아이들의 탄식 소리와 읽고 있던 책의 흥미진진한 대목에서 숨죽이는 아이들의 소리를 배경음악 삼아 손을 움직이기 시작했다. 부드럽게 움직이는 혜윤의 손 밑으로 이야기가 펼쳐졌다.

"벌써 12월이라니, 믿기지 않아. 난 어제가 제야의 종을 울리던 1월 같은걸."

혜윤은 펑펑 쏟아지는 눈을 바라보며 옆에 누워 천사를 만들겠답시고 팔을 휘젓고 있는 가영에게 나지막한 목소리로 말했다.

"그건 모두 그럴 거야. 나만 해도 그러니까."

마구 휘젓던 팔을 잠시 멈춘 채 가영이 답했다. 혜윤은 다시 팔을 휘젓기 시작하는 가영 옆에 털썩 누워 하늘을 빤히 바라보았다.

"내년에도 이렇게 생각하겠지? 아니려나. 처음 경험한 중학교 생활이 초등학교랑은 똑같을 리가 없으니까…….

"끝을 향해 달려가고 있는 것 같네."

머리 위로 들려온 목소리에 혜윤은 반사적으로 공책을 탁 소리 나게 덮으며 위를 올려다봤다. 혜윤이 방금까지 적고 있던 이야기 속 아이가 현실에서 혜윤을 향해 눈을 빛내고 있었다.

"뭐야, 언제 왔어?"

혜윤은 다시 공책을 펼쳐 볼펜으로 마침표를 찍으며 이가영에게 물었다. 가영이라면, 오랜 시간 함께한 가영이라면 자신의 이야기를 보여줘도 괜찮았기에 할 수 있는 행동이었다. 가영은 혜윤의 옆자리에 털썩 앉아 시계를 하얗고 긴 손가락으로 가리켰다. 몇 년 동안 배운 피아노 덕분인지 가영의 손가락은 혜윤보다 훨씬 길었다.

"글쎄, 한 5분 전?"

시계를 향해 뻗은 가영의 손가락에서 혜윤의 손가락에 있는 것과 똑같은 반지가 반짝였다. 가운데에 하트가 자리한 은색 반지는, 혜윤에게 가장 뜻깊은 물건 중 하나이자 둘의 우정을 상징하는 물건이었다.

"지금이 몇 시인데?"

"종 치기 2분 전."

"선생님 지각 아니야?"

"선생님 오셨는데?"

"엥?"

혜윤은 고개를 들어 선생님 자리 쪽을 바라보았다. 분주한 손놀림으로 뭔가를 정리하고 있는 선생님은 혜윤이 알아채지 못할 만큼 조용했다. 책을 쓸 때는 항상 그 속으로 빠져드는 성향이 있는 혜윤으로서는 그런 선생님은커녕 지금이 몇 시인지, 책을 쓰기 시작한 뒤로 얼마나 시간이 지났는지 알 리가 만무했다.

"으이구, 주변도 좀 보면서 살아. 난 이제 가야겠다."

가영이 나타난 것과 마찬가지로 조용하고 신속하게 혜윤의 옆자리에서 일어나 자신의 자리로 돌아갔다. 가영이 내준 혜윤의 옆자리에 짝이 털썩 앉아 가방을 내려놓았다. 혜윤도 자세를 고쳐 앉으며 자리로 돌아가는 가영의 뒷모습을 바라보았다. 볼펜을쥔 왼손에서 반짝이는 반지가 가영의 뒷모습과 겹쳐 보였다.

2

가영은 4학년 때 친한 아이들이 없어 혼자 책 속에 빠져 지내던 학기 초 혜윤에게 강렬한 인상을 준 아이였다. 체육 시간에 피구공으로 혜윤의 얼굴을 맞힌 가영은 둘에게 대화를 나누고 보건실에 같이 갈 이유를 충분히 제공해 주었다. 그렇게 4월, 체육 시간 피구공으로 시작된 둘의 인연은 지금까지 끊이지 않고 계속되고 있었다.

"자리에 앉고, 핸드폰 집어넣고. 6학년이니까 종 치기 전에 준비하고 있어야지!"

선생님의 목소리가 귓속을 파고들었다. 순식간에 아이들 손에 들려 있던 스마트폰이 가방 속으로 사라졌고 모여 떠들던 몇몇 아이들이 흩어져 각자의 자리를 찾아갔다.

책을 읽던 아이들의 손에는 어느새 필통이 들려 있었고 모두의 책상은 깔끔하게 비워져 있었다. 이 모두 실로 대단한 속도로 처리된 일들이었다. 언제 봐도 감탄스러울 만한, 6년을 지내면서 학교에 적응해버린 아이들에게서만 나올 수 있는 속도. 혜윤 역시 그런 종류의 아이들답게 순식간에 공책을 다시 가방에 집어넣고 가방을 의자에 건 뒤 책상 위에 필통만 남겨둔 채 허리를 곧게 펴고 교탁 앞에 선 선생님을 바라보았다. 선생님의 손에 들린 종이 묶음이 눈에 들어왔다.

"오늘은 졸업식을 한 달 앞둔 기념으로 재미있는 활동을 해 보려고 합니다. 이 눈송이 안에 자신이 이번 겨울과 학교에서 졸업했을 때 뭘 원하는지 적으면 되는데 아무거나 다 되니 자유롭게 해 보세요. 대신 시험에서 커닝하고 싶어요, 시험 안 봤으면 좋겠어요 같은 건 당연히 쓰면 안 되겠죠?"

선생님의 목소리에 자동으로 아이들 몇몇 입에서 헛기침 소리가 튀어나왔다. 물론 선생님의 눈빛 한 번에 그 모든 소리는 잦아들었다. 곧 각 줄에 활동지가 배부되었고 혜윤의 자리에도 앞자리 아이가 건넨 활동지가 자리 잡았다.

"하고 싶은 일……."

혜윤은 조그맣게 중얼거리며 천장을 올려다보았다. 혜윤이 이번 겨울에 하고 싶은 일과 졸업을 한 뒤 중학생 시절에도 하고 싶은 일은 같았다. 아마 평생 하고 싶은 일도 같을 터였다. 혜윤은 그 생각을 글로 옮기기 위해 천천히 한 자 한 자 글씨를 새기며 습관적으로 가영과의 우정 반지의 하트를 쓰다듬었다.

졸업하고 중학교 가서도 계속 글을 쓸 수 있게 해 주세요. 혜윤은 자신의 글씨를 뚫어져라 바라보았다. 정확히 혜윤이 원하는 것이었다. 지금의 취미생활은 오랫동안 혜윤에게 머무른 만큼 혜윤의 일부분이라고 느껴졌다. 그 일 부분을 잃는다는 건 혜윤에게 엄청난 상실감을 남길 터였다. 6학년에 접어들고 초등학교 최고 학년의 삶을 살면서 복습할 것도, 예습할 것도 늘어난 지금이기에 취미생활에 쏟을 시간이 줄어든 것도 한몫했다. 혜윤은 그렇게 공부할 것이 늘어가다가 결국에는 자신의 취미생활이 사라질까 두려웠다. 혜윤은 하늘색 색연필로 눈송이의 테두리 부분을 연하게 칠하며 스리슬쩍 혜윤의 보라색 색연필을 가져가는 짝에게 색연필 전체를 건네주었다. 짝은 눈을 동그랗게 떴지만 이내 엄지손가락을 치켜세우고 짙은 색 계열의 색연필을 모두 꺼내기 시작했다.

3

힐끗 본 짝의 소원은 '중학교 때 공부 잘해서 좋은 대학 가게 해 주세요.'였다. 새삼스레 혜윤은 그 소원의 주인공이 자신의 짝이 맞는지 확인했다. 그동안 철없는 아인줄만 알았건만, 이 아이도 이렇게 대단한 소원을 품고 있었구나. 성큼 다가온 중학교를 의식하는 것이 혜윤만은 아닌 모양이었다.

"다 써도 돼."

혜윤은 최대한 상냥하게 말하며 자리에서 일어나 열중하는 아이들 사이를 가로질러 가영에게로 향했다. 가영 역시 뛰어난 예술 감각의 소유자답게 미간을 찌푸린 채 눈송이를 칠하고 있었는데 색연필로 표현한 그라데이션 색조의 단계가 놀랄 만큼 자연스러웠다.

"네 소원은 뭐야?"

혜윤의 질문에 가영이 손을 살짝 옮겨 예술적인 글씨체로 쓴 소원을 드러내 보였다. 가영의 소원 눈 속 소원은 '딱 지금만큼, 행복하게 해 주세요.'였다. 혜윤은 내심 안심했다. 가영마저 중학교와 공부에 대한 것을 썼다면, 혜윤은 자신의 소원에 대한 확신이 없었을지 몰랐다.

"너는?"

가영이 남색으로 색칠을 마무리하는 도중 물었다. 혜윤은 천천히 가영이 이리저리 흩트려 놓은 색연필들을 무지개색으로 정리했다.

"난 계속 글 쓰게 해 달라 적었어."

"괜찮은데? 근데 중학교 가면 시간이 없지 않을까?"

"그래서 걱정이야." 혜윤은 한숨을 내쉬었다. "나는 계속 글 쓰고 싶은데."

"사실 나도 며칠 전에 피아노 끊었어."

"…… 어?"

반사적으로 입을 연 뒤 주위 아이들이 힐끗거리자 혜윤은 그제야 그 외마디를 거의 발작하듯 외쳤다는 사실을 알게 되었다. 혜윤은 다른 아이들을 봐서라도 입을 꾹 다물며 대신 깊은 물음의 시선을 가영에게 던졌다. 가영은 혜윤이 눈동자 속에 담은 왜, 라는 물음을 파악한 듯 색연필 통의 뚜껑을 닫으면서 입을 열었다.

"부모님이 공부하라고 하셨거든. 중학교 되면 초등학교보다 할 거 두 배로 많이 늘어난다고."

"……."

혜윤은 대답하지 않았다. 가영이 내뱉은 말이 귀에서 뇌로 흘러 들어가 처리되기까지 너무나 길어 평생일 듯한 시간이 걸릴 것만 같았다. 그만큼 가영의 말은 충격적이었으며 혜윤이 예상치도 못한 내용이었다.

"다 끝났죠? 혜윤아, 왜 일어서 있어. 앉아야지. 그럼 발표해 볼까요?"

가영의 길쭉한 손가락에 자리 잡은 자신의 손가락에 끼워진 것과 똑같은 반지를 바라보고 있던 혜윤은 선생님의 목소리에 느린 발걸음으로 자리로 돌아갔다. 돌아간 자리 옆자리에서는 짝이 색연필들을 정리한답시고 색연필 통에 이리저리 넣고 있었지만 사실상 정리하지 않는 것이 더 나을 정도로 뒤죽박죽이었다.

4

혜윤은 가만히 색연필들을 건네 받아 자신이 항상 정리하던 데로 정리하며 가영의 말을 곱씹었다.

혜윤에게 글쓰기가 있듯 가영에겐 피아노가 있었다. 가영이 6살 때부터 지금까지 장장 7년 동안 함께한 피아노는 그 존재가 너무나 당연해 거의 가영의 일부로 느껴질정도였다. 혜윤은 자신과 글쓰기처럼 가영과 피아노가 영원할 것이라고 믿었다. 아니, 그렇게 바랐다. 하지만 가영도 졸업이라는 크고도 높은 산 앞에서 그들 동갑의 여느 아이들과 다름없이 자신이 향하는 길을 바꾼 모양이었다. 피아노를 선택해 더 긴 길로 올라가느냐, 피아노를 포기해 최단 거리로 올라가느냐. 혜윤은 과연 자신은 어떤 길을 선택하게 될까 의문이었다. 자신은 산을 빙빙 돌아가 지날지, 정통으로 뚫고 가되 자신의 일부를 잃어버릴지. 마치 가영이 그랬던 것처럼, 졸업을 앞둔 학생들이 그랬던 것처럼.

"야, 정신 차려."

팔을 탁 치는 뭔가에 혜윤은 멍하니 무한한 허공을 향해 있던 시선을 옆으로 돌렸다. 짝이 팔꿈치로 혜윤을 찌르며 어느새 둘을 바라보고 있는 아이들을 둘러보았다. 혜윤은 마찬가지로 자신을 바라보는 가영과 눈을 마주쳤지만 이제 가영의 시선은 혜윤이 아닌 자신의 손에 붙박였다.

"선생님이 너한테 발표시켰잖아. 진짜 못 들은 거야?"

짝이 마치 아이들의 이목이 혜윤의 탓이라며 탓하기라도 하는 듯 따지듯 속삭였다. 혜윤은 여전히 눈은 가영에게로 향한 채로 자신의 활동지를 힐끗 바라보았다.

"제가 미래에 원하는 건 지금처럼 계속 글을 쓰게 해 달라는 점입니다. 중학교에 간다면 공부할 것이 늘어나 제 취미생활이 사라질까 두렵거든요."

혜윤의 뒤늦은 발표에 선생님은 교탁에 손을 얹고 그제야 가영에게서 벗어난 혜윤의 눈과 눈을 맞췄다.

"맞아요. 보통 초등학교 6학년이면 공부하는 경우가 많죠. 예체능이나 특정한 재능의 아이들을 가르치는 중학교에 입학하지 않는 이상 6학년들이 중학생이 되어 공부에만 집중하려고 취미생활을 포기하는 경우도 비일비재하고요. 그러니 혜윤이의 소원도 6학년들에겐 어쩌면 당연할지도 모르겠네요."

선생님의 말은 다시금 혜윤에게 가영을 떠올리게 했다. 공부를 위하여, 곧 초등학교 생활이 끝난다면 시작될 중학교 생활을 위하여 대부분의 6학년 아이들이 그렇듯

자신의 취미생활이자 일부인 피아노를 포기한 가영. 그런 가영은 다른 6학년 아이들을 비추는 거울일지도 몰랐다. 다른 6학년 아이들 역시 취미생활을 포기하는 경우가 흔하디흔하니. 그렇다면 혜윤의 소원 역시 헛된 것일지도 몰랐다. 자신의 소원을 품은 눈을 바라보며 혜윤은 순식간에 지나가던 몇 년이란 세월을 떠올렸다. 자신의 소원처럼 다시 몇 년이 흐르고 그 몇 년이 십몇 년, 수십 년이 될 때까지 지금 자신이 사랑하는 대상들과 함께할 수 있을지, 혜윤은 의문이었다. 자신은 빙빙 돌아 지나가야 할지라도 자신의 일부를 포기하지 않는 길로 접어들 수 있을지. 자신의 소원처럼 조금은

힘들더라도 그 길을 걸어갈 수 있을지.

5 세월이 바꾼 것

6학년 3반 단톡방의 주된 주제는 며칠째 같았다. 자신이 혹은 타인이 소원 눈에 적은 미래의 소원과 곧 다가올 2차 평가. 눈 깜짝할 사이 좌라락 펼쳐지는 아이들의 이야기에 읽기를 포기하고 며칠째 메신저에 접속하지도 않는 아이들도 속출하고 있었다. 가영도 그 아이들에 속했고 혜윤은 읽기만 할 뿐 순식간에 지나가는 단어들에 감히 뛰어들어 또 다른 단어들을 쏟아낼 엄두를 못 내고 있었다.

대표지은 : 2차 평가까지 D-3. 긴장돼서 저세상 가시겠다. 누가나 좀 살려주면안 되냐?

공부는재밌어(서련) : 내 닉넴만큼 불가능한 소리임. 꿈도 꾸지 말고 공부나 하자

예비선수성규 : 우리 반 소원 눈 만들 시간에 공부했어야 했다… 지금 너무 후회된다

대표지은 : 근데 솔직히 우리 반 소원 다 비슷비슷했음. 다 중학교 아님 학업 얘기.

13살김상윤 : 꿈과 희망을 잃은 흔한 학생들의 모습.

대표지은 : 나도 미술학원 끊음… 그 시간에 수학학원 들어옴

강혜령혜령 : 다들 난리 났네. 2차 평가까지 D-3, 우리들 졸업까지 D-28. 63깨지지 마!!

공부는재밌어(서련) : 이렇게… 우리의 어린 시절은 간다ㅜㅜ 우리 내년에 중학생. ㅜㅜ

단톡방은 항상 '중학교'와 '시험', '학업'과 관련된 단어들로 뒤덮였고 우는 소리가 곳곳에 난무했다. 어느 때만큼이나 성큼 다가온 미래에 아이들은 걱정으로 가득 차쿡 찌르면 걱정들만 쏟아낼 것처럼 보였다. 혜윤은 그들의 걱정과 자신의 걱정이 과연 같을지 의문이었다. 그들은 무엇을 걱정하고 있는 걸까. 미래일까, 학업일까 자신의 기쁨일까.

✳

"난 잘 모르겠어, 중학교가 걱정되는지, 학업이 걱정되는지. 내 미래에 대해 걱정하는 건 부모님이 더 심한 것 같아."

가영은 핵심만 추려 정리해 둔 종이를 멍하니 응시하는 혜윤 옆에서 팔을 쭉 뻗어 기지개를 켜 보였다. 힐끗 시야의 한구석으로 가영이 풀고 있던 문제집의 제목, 〈일상 회화의 비법〉이라는 글씨가 눈에 들어왔다.

"이것도 부모님이 시키신 거야?"

혜윤의 손짓에 가영의 시선이 자신의 긴 손 밑에 놓여 있는 책으로 향했다.

6

"응. 이거, 해야 하거든. 아니면 나, …… 큰일 날지도 몰라."

가영은 문제집을 책상 서랍 밑으로 밀어 넣으며 조용하지만 동시에 무엇보다 커다란 존재감으로 다가온 말을 꺼냈다. 이 년 동안 함께한 혜윤은 가영이 뭔가를 그 말로 덮은 채 꽁꽁 감췄다는 것을 누구보다도 잘 알 수 있었다. 혜윤은 그 말에 숨긴것이 무엇인지 물어보기 위해 입을 열었지만 그 말은 딱 맞춰 앞문을 열고 들어온 선생님으로 인해 중단되었다.

"자, 모두 자리에 앉으세요! 이제 곧 중학생인데 아직까지 떠들고 있으면 어떡합니까!"

우렁우렁 울리는 선생님의 큰 목소리에 자신의 자리를 찾아가는 아이들로 교실은 아수라장이 되었다. 혜윤 역시 아이들 사이를 뚫고 이미 짝이 앉아 마라톤이라도 끝낸 듯 숨을 고르고 있는 자리로 다가갔다.

"안녕."

혜윤의 형식적인 인사말에 짝은 고개만 까딱여 보였다. 혜윤은 문득, 한 번도 자신 혹은 짝이 서로를 이름으로 부른 적이 없단 걸 깨달았다. 11월 28일, 지금까지 단 한 번도. 자그마치 사 주 동안이나 짝으로 지내왔는데도. 그러나 뒤를 잇는 생각에 혜윤은 픽 웃음을 흘렸다. 언제부터 이렇게 흘러가는 시간에 집착했는지. 심지어 옆에 앉는다. 뿐이지 별로 아는 사이도 아닌 아이의 이름을 11월이 끝나간다는 이유만으로 부르려고 하는지. 혜윤은 짝에게 말을 거는 대신 창가 쪽으로 고개를 돌렸다. 어제 요란하게 6학년 3 반 아이들이 힘을 합쳐 창문에 일정한 간격으로 붙여둔 소원 눈이 눈에 들어왔다.

혜윤의 시선은 그중 짝의 소원 눈에 붙박였다. 삐뚤삐뚤한 글씨체로 적은 소원이 짙은색 계열의 색으로 뒤덮여 있었다. 짙은 색으로 한껏 덮은 짝의 소원 눈에서 글씨를 확인하기란 어려웠다. 대신 그 밑, 비교적 연하게 칠해진 부분에 새겨진 짝의 이름만큼은 구별할 수 있었다. 김지오 흔한 이름이었다. 가영만큼, 혜윤만큼 흔한 이름이었다. 만약 학교에서 졸업해 남교사 여교사로 나뉘게 된다면 아, 그런 애도 있었지, 하고 지나칠 흔한 이름. 그렇게 잊는 아이들이 몇 명이나 될까. 막상 지금 초등학교에서 6년을 지내오면서도 혜윤은 과반수의 아이의 이름은커녕 얼굴조차 잊고 말았는데. 그 당시에는 선명하던 아이들의 얼굴은 세월이 흐르고 시간이 쌓여 가면 고운 모래에 덮여 형체를 분간할 수도 없게 점점 묻혀갔다.

"주목! 12월도, 2차 평가도 별로 안 남았죠? 1학기 시작할 때가 엊그제 같은데 벌써 12월을 바라보고 있다니 시간도 참 빠르네요. 그만큼 졸업식도, 중학교 갈 때도 얼마 안 남았으니까 공부 열심히 하고, 흐트러지지 마세요. 그럼 오늘은 자리 바꾸고 시험공부 할 시간 가집시다. 아 참, 이번에 마지막 자리 변경이니까 원하는 사람이랑

7

"앉으세요. 대신 너무 시끄럽거나……."

선생님의 말은 아이들 사이에서 터져 나온 탄성으로 묻혀 버렸고 선생님은 포기한 듯 입을 닫았다. 혜윤은 짝을 바라보았다. 짝은 무표정으로 '누구랑 짝 돼도 상관없다'라는 속마음을 완벽히 드러내고 있었다.

"한 달 동안 고마웠어."

혜윤은 의자에서 일어나 의자를 책상 밑으로 밀어 넣으며 짝에게 몸을 기울인 채로 말했다. 짝은 언제나 그랬듯 엄지를 치켜세우는 것으로 답했고 혜윤 역시 엄지를 치켜세워 보였다. 곧 시간과 세월이라는 이름을 가진 모래에 묻혀 윤곽만 남을 상대를 위한 최소한의 배려였다. 저학년 때는 했을 리 만무한 행동을 한 자신이 새롭게 느껴졌지만 혜윤은 이 역시 흘러가는 세월의 영향이라고, 세월이 바꿔 놓은 대상 중 하나라고 여기기로 했다. 혜윤은 자신의 자리에 못 박힌 듯 꿈쩍도 하지 않는 가영에게로 다가갔다. 11월 가영과 짝이었던 아이는 이미 맨 뒷자리에 자리를 잡고 앉아 옆에 앉은 아이와 공책에 낙서하며 킥킥대고 있었다. 혜윤은 가영의 텅 빈 옆자리에 자신의 책상을 붙인 뒤 털썩 주저앉았다.

"선생님 최고."

혜윤이 가영에게 말하자 가영은 엄지손가락을 들어 올리며 다시금 풀고 있던 문제집에 얼굴을 묻었다. 혜윤은 가영 역시 세월의 영향을 받은 걸까 생각했다. 4학년 때만 해도 학교에서 문제집을 풀지 않던 가영이었는데, 알게 모르게 가영도 세월이 바꿔놓은 걸까.

"너까지 이렇게 공부 열심히 하는데. 나도 공부해야 하나."

혜윤은 한숨을 내쉬며 어마어마한 두께의 문제집을 손으로 집어 보았다. 한 뼘의 반의반은 채우고도 남아 보였다.

"넌 글쓰기라는 재능이 있잖아. 어디 가지도 않고."

"너도 피아노라는 재능이 있잖아. 너도 어디 가지 않고."

"재능이 아냐. 취미였던 거지. 그리고 난…… 어디 갈지도 모르겠어."

"……."

혜윤은 가영을 빤히 바라보았다. 혜윤의 눈빛에도 가영은 끝끝내 혜윤을 바라보지 않았다. 가영이 아침 시간에 한 말이 떠올랐다.

'아니면 나, …… 큰일 날지도 몰라.'

혜윤은 팔에 얼굴을 묻은 채 책상을 바라보았다. 가영은 지금 뭔가를 숨기고 있었다. 확실했다. 세월이 쌓아 올린 두 명의 우정으로 혜윤은 알 수 있었다.

✳

혜윤은 연필깎이에 깎은 연필심을 뚫어져라 바라보았다. 충분히 뾰족하고 날카로웠다. 조금 후면 다시 뭉툭해지고 무뎌지겠지만 지금 당장으로서는 최상의 글씨를 나타낼 수 있었다. 혜윤은 왼손에 연필을 쥔 채 글씨를 써 내려갔다.

8

"그동안 포기한 것도 많았지. 하지만 결국 여기까지 도달했잖아."

"난 포기하고 싶지 않아. 내가 소중히 여기는 대상들을 모두 가진 채 미래로 가고 싶단 말이

야."

"그건 불가능에 가까울 거야. 얻는 게 있다면 포기하는 것도 있어야 하는 법이니까."

나는 고개를 천천히 끄덕였다. 손에 와 닿는 눈의 감촉이 서늘했다.

"가영이 너도 이미 많은 걸 포기했지."

"맞아."

"더 이상 아무것도 포기하고 싶지 않지 않아? 세월이 흘러가도 아무것도 사라지지 않았으면

좋겠어."

"어떤 건 마땅히 사라져야 하는 거야. 중학교에 간다면……

"윤아, 내일 시험이지?"

열린 방문 너머로 엄마의 모습이 나타났기에 혜윤의 손은 멈출 수밖에 없었다. 혜윤은 공책에 묻고 있던 얼굴을 들어 엄마의 얼굴을 바라보았다.

"응."

"그럼 공부해야 하는 것 아냐?"

"이번 시험 어렵다는데. 그냥 공부 안 하고 있어."

"어려우니까 공부를 더 해야지. 그렇게 중학교 가면 평균점수 50점대 나온다."

"공부하기 싫은데."

"어휴, 공책 집어넣고 요점정리라도 봐. 초등학교부터 공부하는 습관을 들여놔야 중

학교 때 안 힘들어. 넌 학원도 안 다니잖아."

"……."

혜윤은 공책을 빤히 바라보았다. 글쓰기와 혜윤이 함께한 세월만큼 공책과 연필 역시 혜윤과 함께했다. 처음 글쓰기를 시작한 저학년 때 혜윤은 오로지 글쓰기에만 집중할 수 있었다. 다른 공부는커녕 숙제도 잘 없던 시절이었으니까. 부모님도 그때는 혜윤의 공부에 대해 아무런 말도 하지 않았고 복습 용도로 문제집을 풀도록 했을 뿐이었다.

하지만 4학년, 고학년으로 접어들며 혜윤의 삶도 미세하게 뒤틀리고 변하기 시작했다. 처음 변화의 징조가 나타난 건 학교 수업에서였다. 저학년 당시 흥미로운 내용이 가득하던 교과서가 딱딱한 느낌의 교과서들로 대체되었다. 3학년 때는 아임 해피나 외치던 영어 수업 역시 더 고난도의 영어 능력을 요구했으며 수학 시간에는 새로운 개념들이 마구 쏟아져 들어오기 시작했다. 하지만 제일 많이 변한 건 단연코 수업 시간이었다. 4교시가, 사라졌다. 대신 그

자리들은 이제 5교시와 6교시라는 가혹한 글씨들로 채워졌다. 귀가 시간이 늦어짐에 따라 혜윤이 취미에 쏟을 수 있는 시간 역시 야금야금 줄어갔다. 4학년, 그때 혜윤의 영어 공부가 또래보다 늦게 시작되었다. 처음으로 경험하는

9

본격적인 공부에 혜윤은 그저 기계처럼 움직일 수밖에 없었다. 세월이 흐르고 흘러 2년이란 시간이 지났을 때 혜윤의 공부량은 4학년 그때 당시 많다고 생각했던 양보다 훨씬 늘어나 있었으며 수업들은 온통 6교시로 도배되어 있었다. 이제 혜윤이 취미생활에 쏟을 시간은 모든 공부가 끝난 뒤 9시에서 10시까지였다. 수면시간 역시 저학년 때보다 한 시간 남짓 늦어졌다.

물론 그런 혜윤이 공부를 많이 한다고는 할 수 없었다. 너무 안 하는 아이들과 너무 많이 하는 아이들 중간에 걸쳐 있는 정도였다. 아마 혜윤과 같이 취미생활이 있는 아이들도 몇 명 안 될 터였다. 혜윤은 자신을 축복받은 아이라고 생각했지만 중학교를 생각하면 그 생각 역시 슬그머니 그 그늘에 감춰지는 기분이 드는 건 사실이었다. 혜윤은 공책을 탁 덮고 서랍에 집어넣으며 요점 정리한 공책의 빼곡한 글씨를 노려보았다. 엄마는 따뜻한 물이 담긴 컵을 내려놓고 자리를 떴다. 전등을 켠 채 혜윤은 자신의 어린 시절에 대해, 가영에 대해 생각했다. 세월이 쌓아 올린 대상들에 대해 생각했다.

✻

 11월의 마지막 날에서였다. 입만 열어도 하얀 김이 쏟아져 나오는 날씨는 이 주 전치른 고3 언니오빠들의 수능을 떠올리게 했다. 혜윤은 장갑과 목도리로 무장한 채 전쟁터에 참전하는 병사마냥 6학년 3반 교실로 향했다.교실은 이미 도착해 문제집이나 요점정리를 들고 떠드는 아이들로 부산스러웠다.혜윤은 여전히 두꺼운 문제집을 들고 아주 조용히 하지만 무엇보다도 격렬하게 씨름하고 있는 가영 옆자리에 가 앉았다. 가영은 가만히 우정 반지가 끼워진 겸지손가락을 들어 보였다.

 "오늘 시험 과목 중에 영어는 없는 걸로 기억하는데."
 혜윤이 문제집을 가리키자 가영은 검지손가락을 접은 채 혜윤을 마주 보았다. 가영의 표정은 무표정했다. 긴장이라고는 느껴지지 않았다.
 "그렇지. 하지만 내게 필요한 거거든. 아, 그리고 있잖아."
 혜윤이 입을 열기도 전에 가영이 말을 이었기 때문에 혜윤은 질문하려던 입을 닫을 수밖에 없었다. 혜윤은 입을 꾹 다물고 가영을 마주 보면서 과연 가영은 자신에게, 무슨 일이 있다면 그 일을 말해 줄까 의심을 품었다. 그러나 곧 그 의심은 혜윤의 머릿속에서 사라졌다. 혜윤은 몇 년을 만나온 절친에게조차 숨길만한 비밀이 있다면 굳이 캐묻지 않기로 했다. 그만큼 중대한 일일 테니까. "어제저녁에 동생이 문제 푸는 거 도와달래서 앗싸, 공부 안 할 핑계

생겼다 하고 도와주러 가 봤거든." 가영은 풀고 있던 문제집의 영어지문에 밑줄을 그으며 말을 이었다. 혜윤은 지문을 눈으로 쓱 훑어 내렸지만 'inchoate'라는 단어가 무슨 뜻인지 몰랐기에 읽기를 포기했다.

"우리 동생 이제 초 2잖아. 곱셈 나눗셈 배우고 있는 거야. 문제도 몇 개 안 되고. 그거 보고 내 문제집 생각났는데, 4년 만에 왜 이렇게까지 많은 게 바뀌었는지 의아할 지경이더라."

10

너도 많이 변했잖아, 2년 동안. 피아노도 포기하고, 이런 두꺼운 문제집도 풀고."

비밀도 생긴 것 같고. 혜윤은 그 말은 꼭꼭 씹어 꿀꺽 삼켜 버렸다. 가영의 조그마한 끄덕거림에 혜윤은 마지막으로 공책을 펼쳤다. 자신의 취미생활이 담긴 공책이 아닌 2차 평가를 위한, 자신의 학업을 위한 공책이었다. 자신의 미래를 위한 내용이 담긴 공책. 세월이 흐르며 바뀐 학업이란 대상을 담고 있는 것.

✱

쉬는 시간 없이 장장 두 시간을 달려온 2차 평가가 끝나고 아이들의 입에서 봇물터지듯 터져 나온 말은 '이게 초등학교 시험이냐!' 혹은 '이거 6학년 교과과정 맞니?'또는 '야 나 망한 것 같아.' 등등이었다. 혜윤 역시 아픈 손목을 돌리며 가영을 힐끗보았다. 가영은 그 두꺼운 문제집을 가방에 쑤셔 넣고 있었고 그 모습 뒤로는 탄식하거나 소리소리 질러대는 아이들의 모습이 눈에 들어왔다. 하지만 가차 없이 선생님손으로 들어간 시험지는 되돌릴 수 없었다. 시간을 되돌릴 수 없는 것처럼 그들 앞으로 찾아올 미래도 막을 수 없는 법이니까.

"오늘 단톡방은 서버 오류가 나겠어. 너도나도 불평할걸."

혜윤의 말에 가영은 반지를 뺐다 꼈다.

"내 동생이랑 몸 바꾸고 싶다. 다시 2학년으로 돌아간다면 얼마나 좋을까. 난 그때 아무 걱정 없었던 걸로 기억하는데."

가영은 나지막이 탄식을 내뱉었다. 가영은 화장실 다녀오겠다 중얼거리고 우정 반지를 손에서 빼내 혜윤의 손에 놓은 채 뒷문을 열고 나갔다. 쉬는 시간 없이 시험만 쳤으니 화장실에 가고 싶은 것도 당연했다.

혜윤은 가영의 책상에 우정 반지를 내려놓고 바라보다가 눈에 들어오는 가영의 펼쳐진 공책으로 시선을 돌렸다. 혜윤은 우정반지를 꼭 쥔 채로 몸을 굽혀 공책 내용을 확인했다. 이 사실을 걔한테 말해도 될지 모르겠다. 걔는 알아볼까? 내가 비밀을 숨기고 있단 걸. 혜윤은 휘갈겨 쓴 듯한 가영의 글씨체를 단박에 해석해 냈다. 혜윤은 가만히 가영의 우정 반지를 공책 위에 내려놓았다. 가영이 적은 '걔'가 혜윤이 맞다면, 정말 이것이 혜윤에 대한 이야기라면 혜윤은 언제라도 가영에게 말해도 된다고 하고 싶었지만 마찬가지로 세월이 더 치밀하게 갈아 놓은 혜윤의 성격은 어렸을 때는 쉽게만 하던 그 일을 다시 한번 고려하고 있었다. 결국 지금의 혜윤이 내린 결론은 가영에게 시간을 주자는 것이었다. 그 비밀이 무엇이든 가영은 언젠가는 밝힐 테니까. 혜윤은 그렇게 믿고 화장실에서 돌아온 가영에게 우정 반지를 건넸다. 손에 닿는 물 묻은 가영의 손이 차가웠다. 혜윤은 아주 짧은 순간 가영이 자신이 아는 가영이 아닌 비밀을 품은 다른 아이인 것만 같았다.

11 너와 나

혜윤의 예상대로 6학년 3반 단톡방은 2차 평가 이야기로 떠들썩했다. 공부하느라 접속하지 않았던 아이들마저 접속해 떠들자 단톡방은 곧 말 그대로 혼돈의 장소가 되었다. 혜윤은 쉴 새 없이 쌓여 가는 메시지에 채팅방 알림을 꺼 버렸고 그제야 찾아온 평화에 깊은숨을 내쉬었다. 초등학교에서 보는 마지막 시험이 끝난 지금, 부모님은 특별히 혜윤에게 자유시간을 허락해 주었다. 덕분에 혜윤은 항상 듣던 영어 인터넷 강의와 항상 꼬박꼬박 풀던복습 문제집들에서 벗어나 마치 저학년으로 돌아간 것 같은 자유를 누릴 수 있었다.

그러나 혜윤이 한 일은 스마트폰과 게임기라는 막강한 상대를 뒤로하고 소박한 공책과 연필을 꺼낸 것이었다. 혜윤이 지금 진정으로 원하는 건 시답잖은 영상이나 끝까지 하고 할 게 없는 게임이 아닌 한동안 누리지 못했던 무한한 취미활동이었다. 경건한 자세로 책상에 고쳐 앉아 공책과 연필, 지우개를 꺼낸 혜윤은 드디어 숨을 들이마시며 연필을 텅 빈 공책 한쪽에 찍었다. 그때였다. 부르릉거리는 진동음에 혜윤은 거의 뛰어오르다시피 했다. 고요한 집에 울리는 진동음은 혜윤의 심장을 쾅쾅 뛰게 만들었고 혜윤은 그 후폭풍으로 살짝 비틀거리는 발걸음으로 스마트폰을 던져 놓은 침대로 향했다. 단톡방 알림은 꺼져 있으니 메시지가올 사람은 개인적인 일이 있는 사람뿐일 터였다. 그런 생각을 가지고 스마트폰을 확인한 혜윤이 마주한 글씨는 혜윤의 눈을 커지게 만들었다.

가영 : 김혜윤 넌 아마 제철중 가겠지? 프로필 사진 속에서 활짝 웃고 있는 자신과 가영의 얼굴이 보였다. 가영이다. 이런메시지라니, 뜬금없었다. 혜윤을 누구보다 잘 아는 가영은 혜윤이 항상 포항제철과 함께했단 사실을 모를 리가 없었다. 더구나 '넌'이라니, '너도'가 아니라? 어린이집과 유치원까지 온통 포항제철과 함께한 혜윤만큼은 아니어도 가영 역시 1학년 때부터 쭉포항제철초등학교와 함께했다. 그런 가영이라면 '너도'라고 말했어야 마땅하지 않은가. 혜윤은 한참을 머뭇거렸다. 가영의 말은 다시는 되돌릴 수 없는 문을 여는 열쇠처럼 느껴졌다. 만약 가영의 말에 대답해 그 열쇠를 쥐게 된다면 다음에 어떤 일이 벌어질지 알 수 없었다. 그 때문에 혜윤이 가영의 말에 답을 친 건 그로부터 몇 분이지난 후였다.

혜윤 : 당연하지! 6년 동안 계속 제철초 다녔잖아. 설마 잊은 거?
가영 : 역시 그렇지? 아무것도 아니니까 너무 신경 쓰지 말고.

혜윤은 멍하니 가영의 메시지와 둘이 함께 웃는 프로필을 응시했다. 설마 가영의

12

비밀과 이 메시지가 관련이 있는 걸까. 혜윤은 가영이 자신과 함께 중학교에 입학할거라 믿어 의심치 않았다. 하지만 그 확신이 헛된 것이었다면? 혜윤과 가영의 우정은 영원할 수 없었던 거라면? 혜윤은 스마트폰을 조용히 침대맡에 내려놓은 채 침대에 풀썩 누웠다. 마음이 복잡했다. 지금 이 상황에서 다시 자신의 이야기 속으로 빠져들 수 있을지 의문이었다.이 복잡한 마음으로, 자신과 복잡함의 원인을 제공한 친구의 이야기를 아무렇지도 않게 써 내려갈 수 있을지.

＊

혜윤이 들어선 교실의 풍경은 전과는 달랐다. 항상 일찍 등교하는 편이라 아이들이 하나둘씩 들어오는 걸 지켜보던 혜윤이기 때문이었다. 하지만 혜윤은 늦잠으로 인해 자그마치 평소 등교 시간의 30분을 넘겨 버렸고 혜윤이 들어선 교실에는 과반수의 아이가 등교해 떠들고 있었다. 혜윤은 반사적으로 시계를 바라보았다. 다행히 시계는 8시 10분이라는 시간에 안착해 있었다. 혜윤은 떨리는 숨을 진정시키며 가방을 자리에내려놓았다. 혜윤은 자리에 털썩 앉아 자연

스레 옆자리로 고개를 돌리고서야 가영이 없다는 사실을 발견했다.

"어?"

혜윤은 교실 뒤편을 휙 돌아보았지만 요즘 유행하는 게임에 빠져 있는 아이들이 보일 뿐 그곳에도 가영은 없었다. 항상 혜윤이 등교하고 난 뒤 몇 분 뒤에는 등교하던 가영이었는데. 혜윤은 스마트폰을 꺼내 가영과의 채팅에 접속했다. 여전히 가영의 프로필 속에서는 자신과 가영이 웃어 보이고 있었다.

혜윤 : 야 너 왜 안 옴?

혜윤은 화면을 뚫을 기세로 스마트폰을 바라보았지만 화면이 닫힐 때까지 가영은 메시지에 답장하기는커녕 읽지도 않았다. 혜윤은 스마트폰을 가방 앞주머니에 찔러넣으며 가영을 떠올렸다. 갑작스레 도착한 가영의 메시지. '너도'가 아닌 '넌'이라는 말과 성큼 다가온 중학교에 대한 이야기. 설마 가영과 이별하는 날이 오늘이 되는 걸까. 혜윤의 생각은 앞문을 열고 종이 한 무더기를 들고 들어오는 선생님으로 인해 중단되었다.

혜윤은 자리에서 일어나 종이 무더기를 힘겹게 내려놓는 선생님에게로 다가갔다.

"선생님, 오늘 이가영 안 와요?"

혜윤의 물음에 선생님은 종이 무더기를 네 묶음으로 분류하기 시작하면서 고개를 끄덕였다.

"응. 오늘 가영이 개인적인 사정 때문에 안 온대."

13

비밀? 혜윤의 머릿속에 바로 떠오른 단어는 그것이었다. 가영이 숨긴 비밀과 관련이 있는 일인 걸까. 혜윤으로서는 달리 추측할 길이 없었다.

"아…… 그럼 내일은요?"

"내일은 다시 오지. 혜윤이가 가영이랑 제일 친해서 심심하겠네."

혜윤은 어중간한 대답으로 얼버무리며 선생님 손에 들린 종이를 힐끗 바라보았다. 순간 시야에 '2차 평가'라는 글씨가 들어오자 혜윤의 심장이 쾅 내려앉았다. 이렇게 빨리?

"아, 맞다, 혜윤아. 이거 2차 평가 결과인데 애들한테 좀 나눠줄래? 오늘 1교시부터 6교시까지 풀이할 거거든."

"…… 네."

혜윤은 선생님이 내미는 '국어' 과목 종이 묶음을 받아들었다. 아이들의 이름을 하나하나 확인하며 바뀐 지 얼마 되지도 않은 아이들 자리를 찾으려니 여간 힘든 게 아니었다. 그동안 학급 임원들이 이런 자잘한 심부름을 해서 그런가, 지금 혜윤이 하고있는 일은 혜윤에게 무척이나 생소했다. 이럴 때 가영이 있었으면 아마 선뜻 도움의 손길을 내밀었겠지. 하지만 지금 가영은 없으며 아마 혜윤이 알던 가영은, 이제 달라졌을지도 몰랐다. 가영이 없는 학교생활이라, 생각해 본 적도 없었다. 한 번도 빠지지 않은 학교를 빠질 만큼 가영에겐 심각한 일이 있는 걸까. 혜윤에게 숨긴 비밀과 관련된 게 확실한 그 일은 대체 어떤 내용인 걸까. 김혜윤 넌 아마 제철중 가겠지? 혜윤은 입을 꼭 닫았다. 다른 과목들의 시험지를 그 시험지의 주인들에게 전달하면서 혜윤은 마음속으로 조용히 가영에게 대답 대신 또 다른 질문을 전했다. 너는 어디로 가는 거야? 나와 다른 곳으로? 이제부터 나와 다른 미래를 그려 나가는 거야?

✳

1교시 시작종이 울리자 6학년 3반 전체의 책상에는 모든 과목의 시험지가 자리하게 되었다. 혜윤은 과학 시험지부터 천천히 시험지를 훑어보기 시작했고 곧 자신도 자신의 얼굴이 얼어붙는 것을 느낄 수 있었다. 헷갈리는 것도 없고 모르는 것도 없다고 자신했던 과학 시험지에는 혜윤의 믿음이 무색하게도 90이라는 빨간색 글씨가 적혀 있었다. 시험을 준비하며 수없이 갈고 닦아왔던 유형의 문제에서 발생한 오답에 혜윤은 헛웃음밖에 나지 않았다. 미세한 용어 차이로 내리그어진 두 개의 빗금은 혜윤의 마음에도 미세한 줄 두 개를 긋고 지나갔다. 자신했던 과학이 90인데 헷갈렸던 사회는? 혜윤은 과학 시험지를 책상 서랍에 집어넣고 사회 시험지를 펼쳤다. 다행이라고 해야 할지 불행이라고 해야 할지 사회 시험지에는 과학과 같은 점수가 적혀 있었다. 얼렁뚱땅 넘어간 문제에는 어쩐 일인지

14

동그라미가 그려져 있었고 오히려 너무 쉽다고 얕봤던 문제에 그려진 것이 빗금이었다. 설마 틀린 것도 모른 걸까? 혜윤은 누가 자신의 생각을 읽었다면 한심해할 것이라 장담할 수 있었다. 자신을 한심하게 생각하며 다음 장을 넘긴 혜윤은 최애 과목인만큼 100이라는 글씨가 적힌 국어를 마주했다. 잠시 동안 기쁨과 뿌듯함이 피어올랐으나 다음 장에는 그 느낌을 덮을 정도로 심각한 점수가 나타나 있었다.

"허."

쫙쫙 내리그어져 오히려 시원하게 느껴지는 빗금과 50이라는 글자. 의도하지 않았는데도 비어져 나오는 자신을 향한 콧방귀에는 많은 것이 담겨 있었다. 허탈함, 아쉬움 마지막으로 한심함까지. 1차 평가 수학 점수가 80점인 걸 고려하면 실로 엄청난 점수였다. 원체 수학에 약하고 수학을 싫어했지만 어렸을 때는 이 정도는 아니었다. 저학년까지 최저 점수가 60~70점에서 겉돌던 혜윤이었는데, 언제부터 이 정도까지 처참해지고 말았지?

"이번 2차 평가, 시험 점수가 좀 심각한 수준이더라고요. 곧 중학생 되면 중간고사 기말고사 있고 이것보다 난이도도 훨씬 높을 텐데……." 한숨 섞인 선생님의 말은 혜윤의 마음을 대변하는 것이기도 했다. 혜윤은 들릴 듯 말 듯 한숨을 내쉬었다. 그나마 나은 점수지만 만족할 만한 점수는 아닌 사회와 과학, 그리고 처참한 수학 시험지를 내려다보며. "중학교 가기 전에 이렇게 시험 보고 공부하는 습관을 들여놔야 하므로 선생님이 1학기 때부터 시험을 낸 거였어요. 근데 마지막 시험 평균 점수가 제일낮으니……. 몇 달만 있으면, 진짜 몇 달만 있으면 중학생인데 이렇게 평균 점수 나오면 안됩니다. 너희 좀 있으면 중학생이야, 중학생! 청소년이라고."

선생님의 답답함이 혜윤도 느껴지는 것 같았다. 정확히 혜윤이 느끼는 감정과 비슷했으니까. 하지만 혜윤의 마음속에 가장 크게 자리하고 있는 건 허탈함이었다. 선생님의 말대로 중학교와 중학생이라는 자리가 성큼 다가온 지금인데 이런 말도 안 되는 시험 결과를 맞이하게 되다니.혜윤은 우정 반지를 어루만지면서 텅 빈 가영의 옆자리를 바라보았다. 혜윤이 일부러 점수를 확인하지 않은 가영의 시험지 네 장이 책상 위에 쓸쓸히 남겨져 있었다.혜윤은 점수를 제일 먼저 확인하는 건 마땅히 그 주인이 되어야 한다고 생각했고 그 이유로 가영의 시험지를 확인하지 않았지만 한편으로는 가영 역시 자신과 함께하길바랐다. 가영도 일종의 허탈함을 함께 느끼며 공감해줬으면. 하지만 지금으로써는 그 역시 헛된 바람일지 몰랐다. 아마 혜윤이 가영의 비밀을 알게 되기 전까지는 둘의 사이가 어떻게 될지 몰랐으니까. 혜윤은 이제 가영이 자신에게 비밀을 말해줄지 의문이었다. 시간이 지날수록 가영은 꼭 혜윤에게 비밀을 말해줄 거란 믿음은 힘을 잃고 있었다.

15

혜윤의 시험지를 건네받고 부모님이 보인 반응은 엄마아빠 서로 일치했으며 혜윤이 예상한 반응과도 일치했다. 국어를 보고는 칭찬을, 사회와 과학을 보고는 아쉬움을, 마지막으로 수학을 보고는 한순간 두 눈을 의심하는 표정을 드러내는 부모님은 아마 혜윤이 처음 시험 결과를 확인했을 때와도 정확히 일치할 것 같았다. 그날 저녁 혜윤이 초등학생으로서 마지막으로 치른 시험 결과를 확인한 부모님은 조용히 혜윤을 불러 식탁 의자에 앉힌 뒤 입을 열었다.

"6학년이 되니까 저학년 때랑 차원이 다르지? 다른 과목도 어려워지지만 수학은 특히 더."

혜윤은 가만히 고개를 끄덕였다. 혜윤이 특히나 수학에 약하다는 건 시험 결과만 봐도 충분히 알 수 있는 사실이었다.

"막상 오늘 나온 결과만 봐도 혜윤이가 다른 과목은 다 잘하는데 수학 쪽으로는 엄청 약한 것 같아. 그러니까 혜윤이도 오빠가그랬던 것처럼 6학년 겨울방학 시작되면 미리 중학교 예습 나가고 수학, 과학 진도나가고 하자. 괜찮겠지?"

혜윤은 마찬가지로 조용히 고개를 끄덕이면서 오빠에 대해 떠올렸다. 오빠는 모두가 인정하는 우등생으로 반 1등은 물론 전교 10등 안에 드는 것도 결코 놓치는 법이없었다. 2년 전, 중학교에 입학해 처음 치른 중간고사에서 반 1등인 무려 평균 100점을 받은 것만 봐도 알 수 있었다. 지금 중학교 3학년인 오빠는 초등학교보다 몇 주 빠른 졸업을 앞두고 있었다. 혜윤은 항상 의문이었다. 자신은 취미생활로도, 학업으로도 어떤 방향으로도 과연 오빠란 높디 높은 벽을 넘을 수 있을지. 혜윤은 우정 반지를 부드럽게 어루만졌다. 오빠를 떠올리자 마음이 무거워졌다. 지금도 자신의 방에 틀어박혀 불빛 아래에서 공부하고 있을 오빠는 과연 혜윤의 나이 때 지금의 혜윤과 같은 공부와 중학교, 친구라는 고민을 가지고 있었을까.

그 순간 가영이 혜윤의 생각 속으로 슬그머니 고개를 내밀었다. 잊고 있었던 문제였다. 순간 혜윤은 의자에서 튀어 오르듯 일어나 자신의 방으로 들어가 문을 닫았다. 그러고 보니 가영은 왜 오늘 학교에 나오지 않았을까. 왜 미리 혜윤에게 아무런 말도 하지 않았을까? 다짜고짜 가영의 전화번호에 전화부터 걸었지만 통화 연결음만 갈 뿐 도통 받질 않았다. 5학년 때가 혜윤과 가영이 가장 자주 통화하고 문자하던 때였다. 6학년에 올라오며 통화도, 문자도 뜸해졌고 아주 사소한 일에도 서로에게 연락하던 둘은 지금은 심각한 일이 있을 때만 연락을 주고받게 되었다. 그렇다고 둘의 우정이 바뀐 건 아니었지만 혜윤은 지금 뭔가가 심각하게 잘못되었다는 기분을 지울 수 없었다. 몇 번이나 전화를 걸었는데도 묵묵부답인 가영에게 혜윤이 선택한 길은 문자하기였다. 혜윤의 엄지손가락은 신속하게 자판 위를 달렸다. 가영의 프로필 사진 속에서는 여전히 혜윤 자신과 가영이 환하게 웃어 보이고 있었지만 혜윤은 마주 웃을 수 없었다.

혜윤 : 가영아 왜 받질 않아? 너 오늘 왜 학교 안 나왔어? 무슨

일 생긴 거야?

16

제발 읽어 봐!

혜윤의 간곡한 외침에도 가영은 읽지 않았다. 혜윤은 스마트폰을 침대에 툭 내려놓은 채 침대에 엎드려 머리끝까지 이불을 뒤집어썼다. 마음이 복잡했다. 아프면 아프다, 무슨 일이 생겼다면 생겼다고 말해 줘야 하는 것 아닌가. 혜윤은 멍하니 이불로 뒤덮인 주위의 공간을 바라보았다. 정말, 가영의 비밀이 혜윤과의 관계에 영향을 미친걸까? 혜윤을 둘러싼 영원할 것 같던 세상에 균열을 일으키고 그 세상을 허물어 가고 있는 걸까? 그리고 가영은 정말 혜윤에게 그 비밀을 말해주지 않을 생각일까?

✳

착잡한 마음에 아침부터 학교로 향하는 혜윤의 발걸음은 무거웠다. 어제부터 오늘까지 12월이라고, 졸업하기까지 정말 며칠 안 남았다며 시끄러웠던 단톡방에는 메시지가 잔뜩 쌓였지만 가영과의 메시지는 하나도 없었다. 학교에 오기 전 마지막으로 확인했을 때 가영은 혜윤의 메시지를 읽었지만 답장은 없었고 이는 혜윤의 서운함이 울컥 치솟게 했다. 혜윤은 가영의 메시지를 읽고 무시한 적이 한 번도 없었는데 가영은 지금 혜윤이 절대 하지 않은 그 행동들을 하나하나 실천하고 있었다.혜윤은 따뜻하다 못해 후끈하게 틀어 놓은 난방으로 인해 닫혀 있는 앞문을 열고 반으로 들어섰다. 반사적으로 자신의 자리와 붙어 있는 가영의 자리를 살폈지만 그 자리들은 모두 보이지 않았다. 둘의 자리를 둘러싸고 있는 몇몇 아이들 때문이었다. 혜윤은 천천히 자신의 자리로 다가가며 의아함에 미간을 좁혔다.

"…… 그래서 내가…….."
아이들 사이로 입을 열었다 닫았다 하는 가영의 익숙한 얼굴이 보였다. 눈이 마주친 짧은 순간 동안 혜윤은 가영이 자신의 눈을 피하는 걸 똑똑히 보았다. 혜윤은 아이들 사이로 비집고 들어가 가방을 자신의 자리에 내려놓은 뒤 뒤돌아 가영을, 그리고 혜윤의 자리를 둘러싼 아이들에게서 벗어났다. 속에서 뭔가가 부글부글 끓어올랐다. 비밀 하나 생겼다고, 이렇게 몇 년 동안 쌓은 우정이 달라질 수 있는 건가? 정말그렇게 얄팍한 우정이었던 건가? 혜윤 자신만 가영을 둘도 없는 친구로 생각한 걸까? 혜윤은 반 구석에 몸을 둥글게 말고 앉았다. 가영의 뒷모습이 눈에 들어왔다. 그 뒷모습을 보지 않으려고 무릎에 얼굴을 묻었을 때 혜윤은 자신의 마음속에서 끓어 오르는 이 감정이 배신감이라는 걸 명확히 알 수 있었다.

✳
아침 시간, 가영도 혜윤도 말이 없었다. 가영은 자신의 시험지를 내려다보며 점수를 하나하나 확인하고 있었는데 혜윤은 가영이 시험지를 한 장 한 장 넘길 때마다 시험지에 적혀 있는 100이란 글씨를 볼 수 있었다. 다시 한번 배신감이 느껴졌다.

17

옛날에는 혜윤과 가영의 점수는 서로를 라이벌이라 부를 만큼 비슷비슷했다. 하지만 지금의 가영은 글쎄, 못 알아볼 정도로 달라져 있었다. 애초에 가영과 혜윤 사이에 비밀이 있긴 했던가? 이렇게 서먹한 순간도 사춘기들의 감정 다툼으로 몇 번 있었을 뿐이렇게 아무런 이유 없이 생기지는 않았다. 아, 물론 비밀이란 게 이유라면 이유일 테지만. 하지만 다른 아이들과는 그렇게 잘 대화하면서 왜 혜윤에게만? 혜윤은 공책 귀퉁이를 찢어 글씨를 적어 내려갔다. 오랜 글쓰기로 단련된 유연한 손놀림으로, 혜윤은 그 긴 문장을 적는 일을 일 분도 안 되는 몇 초 동안에 해냈다.혜윤이 쪽지를 가영 쪽으로 쓱 밀자 가영이 여전히 시험지에 눈을 고정한 채 쪽지를 받아갔다. 어차피 틀린 것도 없으니 그만 눈 떼도 될 텐데? 혜윤이 울컥 치솟는 화를 다스리는 동안 가영은 천천히 쪽지를 확인하고 필통에서 샤프를 꺼내 답을 쓴 뒤 혜윤에게 밀었다.

혜윤은 자신의 글씨 밑에 새겨진 가영의 답변으로 시선을 옮겼다. 왜 어제 안 왔고 왜 내 문자 씹었어? 개인적인 사정이라던데 애들이랑 대화하는 것도 그거랑 관련된 거면 나한테도 말해도 되지 않아? 미안. 어제 할 일이 좀 있었어. 애들이랑은 무슨 얘기 한 건데? 시험 얘기. 혜윤은 두 번째로 돌아온 가영의 답변에 왜 나한테는 아무 말도 안 하는데, 라고 적으려다 연필을 탁 내려놓았다. 가영은 그 소리에도 미동도 없었고 혜윤은 자리에 엎드려 가영과 주고받은 쪽지를 노려보았다. 언제부터 이렇게 틀어져 버린 건지 가늠할 수도 없었다. 만약 시간을 되돌릴 수 있다면, 정말 그럴 수 있다면 혜윤은 정말 사무치게 시간을 되돌리고 싶었다. 모든 것이 시작된 그때로, 혜윤과 가영이 이런 상황에 놓이게 된 원인을 제공한 그때로 돌아가 이 모든 것을 되돌리고 싶었다. 행복하던 지난날처럼.

18 사고

12월 초에 접어들자 아이들은 졸업식 이야기에 열을 올렸다. 겨울의 한기로 얼어붙어 있던 교실은 아이들의 목소리로 따뜻하게 녹아내린 지 오래였고 몇 주 후면 헤어질 친구들에게 더욱 끈끈한 우정을 다지는 아이들도 있었다. 단톡방은 매일 알람을 울려 댔으며 그 속은 몇 달 전과는 달리 활기찬 분위기 속 '졸업식'과 '중학교' 등의 이야기로 가득했다. 물론 혜윤은 예외였다. 오랫동안 함께했던 가영에게 비밀이라는 이유로 배신감을 느낀 혜윤은 가영과 거리를 두기 시작했고 가영은 그런 혜윤을 아는지 모르는지 몇몇 아이들과 천천히 몰려다니기 일쑤였다. 혜윤은 그런 '너는 사라져도 상관없어'라고 말하는 듯한 가영의 행동에 배신감이 더욱 깊어지는 걸 자신도 놀랄 만큼 강하게 느낄수 있었다.

혜윤이 자신과 가영의 이야기를 써 내려가던 공책을 서랍 한가운데 처박아 놓고 집필을 그만둔 것도 그때부터였다. 대신 취미생활에 매진하던 그 시간은 공부라는 막강한 상대로 채워졌다. 혜윤의 변화에 부모님은 흐뭇해하는 기색이 역력했지만 혜윤은 자신이 과연 옳은 길을 가고 있는지 확신이 서지 않았다. 이렇게 몇 년동안 이어왔던 우정을 대화로 풀어 내릴 생각도 하지 않고 바로 등 돌려도 되는지,혜윤은 매일 고민했고 매일 결론을 내리지 못한 채 마치 데자뷔처럼 반복되는 하루를 맞았다.

✳

의자를 가영과 최대한 떨어지게 위치시키고 앉은 혜윤은 칠판 왼쪽 가장자리에 적힌 '12월 일정표'를 바라보았다. '12 / 7'이라는 오늘의 날짜 옆에는 '진로 교육'이라는 담임 선생님의 또박또박한 글씨가 적혀 있었다. 혜윤은 최대한 가영 쪽을 바라보지 않으며 앞문 쪽을 응시했다. 곧 타닥거리는 가벼운 발소리가 들리더니 40대 초반으로 보이는 남자 한 명이 고개를 내밀었다.

남자는 천천히 걸어와 칠판 앞에 서더니 자신에게 집중되어 있는 아이들의 눈을 하나하나 마주 보았다.

"안녕하세요, 6학년 여러분. 저는 여러분의 진로 교육을 책임질 전소윤 선생님이라고 합니다. 반갑습니다."

선생님이 고개를 살짝 숙여 인사하자 아이들 사이에서 박수가 터져 나왔다. 전소윤 선생님은 칠판에 글씨를 새긴 뒤 한 걸음 물러나 칠판에 새긴 '진로'라는 글씨를 손으로 짚었다.

"진로. 이제 초등학교 6학년인 여러분은 중학교, 더 넓은 세상을 향한 구체적인 목표나 걱정이 있겠죠. 그러니 여러분에게는 지금 저학년 때보다 훨씬 많은 고민이 생겼을 거예요. 그 고민을 자유롭게 발표해 볼까요?"

혜윤은 머뭇거리며 손을 들었지만 그땐 이미 선생님의 눈길이 한 아이를 향해 있을 때였다. 혜윤은 선생님이 지목한 아이에게 고개를 돌리다 그 아이가 자신의 11월 짝,

19

지오인 것을 보고 의아한 마음에 고개를 갸웃했다. 아무런 걱정이 없어 보이던 지오였는데. 하지만 곧 혜윤은 지오가 소원 눈에 적은 소원을 떠올리며 고개를 천천히 끄덕였다. 겉으로는 걱정이 없어 보여도 속으로는 많은 걱정을 품고 있는 사람 중 하나가 지오라는 게 오늘 일로 더욱 확실해졌다.

"전 중학교 가서 공부할 게 너무 걱정돼요. 초3 때부터 공부 진짜 못 했는데, 중학교 때는 이것보다 더 어려워질 테니까 그게 너무 무서워요."

지오의 담담한 발표는 대부분 아이가 간직하고 있을 걱정이었지만 혜윤은 그 누구보다도 지오의 발표를 깊이 이해할 수 있었다. 이번 2차 평가에서 참혹한 점수를 받은 뒤로 혜윤의 머릿속은 온통 학업과 친구, 두 문제가 하모니를 이뤘다. 가영보다 훨씬 뒤처지는

자신의 점수와 서먹해진 단짝. 혜윤은 지오만 바라보며 가영을 돌아보지 않으려 애썼다. 만약 학업과 친구라는 두 문제를 초래한 가영의 얼굴을 본다면 머리가 걱정으로 펑, 터져버릴지 몰랐으니까.

"그렇군요. 하지만 여러분은 아직 어립니다. 공부할 시간이라면 얼마든지 있어요. 지금 공부가 부족하다 생각되면 지금이라도 시작하면 됩니다. 그렇다면 만족할 만한결과를 얻을 수 있을 거예요. 혹시 다른 고민이 있는 친구?"

혜윤은 망설임 없이 손을 들었다. 지오가 시작해 줬으니 혜윤도 이제부터 달려갈 수 있었다. 제일 어려운 시작을 지오가 도맡아 처리해 주었으니까. 선생님이 혜윤을 주목했고 아이들의 시선이, 가영의 시선도 자신에게 집중되는 걸 피부로 느끼며 혜윤은 천천히 입을 열었다.

"전 친구가 걱정입니다. 친구랑 사이가 틀어져서 안 그래도 학업 때문에 힘든 중학교에 가서 외로우기까지 하면 어쩌나 걱정이 되거든요."

가영이 혜윤을 빤히 바라보는 동안 혜윤의 미래에 대한 걱정이 교실을 조용히 울리고 덧없이 흩어져 갔다. 흩어지면서도 진한 여운을 남긴 걱정은 혜윤의 마음속에 차곡차곡 쌓여 형태를 갖추었다. 혜윤은 자신의 마음속을 짓누르는 걱정거리를 손으로꼭 눌렀다. 과연 이 걱정거리가 사라지고 자신의 마음이 치유될지, 혜윤은 의문이었다.

※

"다녀왔습니다."

혜윤은 신발을 벗어 놓고 집 안으로 발을 들였다. 식탁에 앉은 엄마가 뭔가를 손에쥔 채 들여다보고 있는 것이 눈에 들어왔다. 혜윤은 그쪽으로 다가가 엄마 어깨 너머

로 몸을 숙였다.

"이게 뭐야?"

엄마의 손에 들려 있는 건 아름답게 장식된 꽃다발을 비추는 스마트폰 화면이었다.튤립, 프리지아, 목화, 라일락 등으로 이루어진 꽃다발은 절로 감탄이 나올 정도로 아름다웠다. 혜윤은 자그맣게 탄성을 질렀다.

20

"예쁘다. 뭐에 쓰게?"

"내일 오빠 졸업식이잖아. 오빠 꽃다발 주문한 거 사장님이 미리 보여주신 건데,

예쁘지?"

"엄청 예쁘네."

"이제 윤이 졸업식도 얼마 안 남았네. 이제 윤이랑 오빠 모두 각각 중학생, 고등학

생이 되는구나. 시간 참 빠르다."

"응."

혜윤은 성큼 다가온 졸업식을 떠올렸다. 중학교 졸업식은 학교 공사 문제 때문에 초등학교보다 몇 주 빠른 날로 앞당겨졌다. 더 빨리 졸업을 맞은 오빠의 표정은 담담했다. 그저 그렇게 평소와 같은 표정으로 묵묵히 할 일을 할 뿐 6학년 3반 아이들처럼 기대하거나, 흥분하거나 심지어 걱정하지도 않았다. 혜윤은 자신도 그리고 자신의 친구들도 시간이 흐르고 나이를 더 먹으면 오빠의 모습을 닮아갈까 궁금했다. 미래에는 과연 오빠와 자신도 딱 보면 남매일 만큼 닮아 있을까. 막연한 미래에 대한 생각은 혜윤의 머릿속을 복잡스레 흔들어 놓았다.

"그래, 오늘 학교에서는 무슨 일 없었고?"

엄마의 질문에 혜윤은 가방을 대충 벗어 의자에 걸쳐 놓고 식탁 의자에 털썩 앉았다. 엄마는 스마트폰을 내려놓은 채 혜윤을 빤히 응시했고 혜윤은 엄마의 시선에 절로 고개를 슬슬 돌렸다. 엄마에게 가영과 중학교에 관련된 자신의 고민거리들을 말하

지 않았음에도 불구하고 모든 것을 다 투시당하는 기분이었다.

"오늘 진로 교육 주간이어서 선생님 오셨어. 고민거리 상담 같은 것도 조금 하고

미래에 대해 확신을 가지라는 말도 해 주셨어."

"좋은 교육이네. 지금 6학년들에겐 꼭 필요한 교육."

"의외로 우리 반에 고민이 많은 애들이 많았어. 학업, 중학교부터 시작해서 고등학교, 수능, 대학교, 또…… 친구 문제까지."

혜윤은 사그라드는 목소리로 말을 끝맺었다. 엄마는 잠시 식탁 위

에서 노란빛 불빛을 던지는 전등을 올려다보더니 입을 열었다.

"흠…… 만약 고민이 있다면 말이지, 자기 혼자만 갖고 있으면 안 돼."

여전히 전등에 시선을 고정한 채로 말하는 엄마의 눈빛은 이미 혜윤에게서, 현실에서 벗어나 더먼 곳으로 향하고 있었다. "자기 혼자만 갖고 있다 보면 결국 마음의 짐으로 남게 되거든. 그리고 그 짐은 잘 덜어지지 않아. 미래에는 결국 고민을 꼭꼭 품어둔 사람의 마음속 짐이 되어 그 사람을 무겁게 짓누를 뿐이야. 그러니 고민이 있다면 주변 사람들에게 알리고 오해를 푸는 게 좋아. 물론 자기가 원하지 않는다면 말하지 않아도 괜찮지만, 자신이 말하고 해결하길 원할 때만."

엄마는 옅은 미소와 함께 혜윤에게 한쪽 눈을 찡긋해 보였다. "엄마도 너희 같은 시절을 겪어 봤기 때문에 하는 조언이니 믿어도 돼. 그럼 들어가서 하고 싶은 것 해. 이제 진도도 다 나갔으니 졸업식밖에 안 남았잖아."

혜윤은 가만히 고개만 끄덕이고 천천히 방으로 돌아왔다. 주먹을 꼭 쥔 채 앞을 내

21

다보는 혜윤의 눈동자에는 결연한 불꽃이 타오르고 있었다. 오늘 가영 옆에서 최대한 떨어져 들은 진로 교육 선생님의 말이 조금 전 엄마의 말과 겹쳐졌다. 만약 고민이 있다면 주변 사람들에게 알리

고 자신 혼자만 고민하면 안 돼. 미래의 마음의 짐으로 남게 될 테니. 혜윤은 미래의 자신에게 그 모든 짐을 떠맡길 생각이 없었다. 따라서 혜윤이 한 행동은, 그 상황에서는 무척이나 합리적인 행동이라 생각할 한 일이었다. 네가 품고 있는 비밀이 뭔지는 모르겠지만, 그게 우리 우정을 방해하는 건 옳지 않다고 생각해.

난 우리가 다시 친구 사이로 돌아왔으면 좋겠어. 하굣길에 얘기하자. 책상에 외로이 남겨져 있던 공책의 귀퉁이를 찢어 혜윤이 남긴 글은 우정 반지와 함께 종이봉투에 담아져 혜윤의 가방 안으로 무사히 안착했다. 손 편지는 상대의 대답을 받아내기에 가장 효과적인 방법이었다. 몇 번 자판만 두들겨 보낸 메시지는 상대의 마음을 충분히 울리지 못한다. 오랫동안 글쓰기와 문학과 함께한 혜윤만의 확고한 신앙이었다. 혜윤은 손을 맞잡고 간절히 기도했다. 다시 가영과 친구가 될 수 있길, 미래의 자신은 과거의 자신처럼 가영이라는 소중한 친구와 활짝 웃고 있길.

✳

일상의 한 부분이었던 등굣길을 걷는 것도 이 주 남았다. 그 익숙한 길을 걷는 혜윤의 발걸음은 표정과 마찬가지로 무척이나 결연했다. 마치 졸업식을 앞둔 중학생, 다시 말해 혜윤의 오빠 같은 모습이었다. 오늘 아침 혜윤 남매의 표정은 실로 오랜만에 서로 같았다. 한 명은 친구와의 오해를 풀기 위한 결연함이었고 한 명은 또다시 졸업하고 새로운 공간으로 발을 들여 성큼 다가온 미래와 마주하기 위한 결연함이었다.

　교실에 발을 들인 혜윤의 시선은 첫 번째로 언제나처럼 아이들에게 둘러싸여 있는 자신과 가영의 자리를, 두 번째로 8시 10분을 가리키고 있는 시계로 향했다. 혜윤은 아이들의 조잘대는 목소리 사이를 지나 자신의 자리에 가방을 내려놓은 뒤 손에 꼭쥔 봉투를 힐끗 바라보았다. 너무나도 자그마한 봉투일 뿐이었지만 혜윤에겐 그 무엇보다 중요했다. 혜윤은 손을 꽉 말아 쥐며 숨을 들이마셨다가 내뱉고 자신의 계획을 실행했다. 혜윤은 가영의 자리를 지나치며 반쯤 열려 있는 가영의 가방 속으로 봉투를 슬쩍 밀어 넣었다. 아무도 그런 혜윤을 돌아보지 않았으며 혜윤은 그것으로 어떤 아이도 자신의 행동을 보지 못했다는 걸 확신할 수 있었다. 혜윤은 만족하며 그 공간에서 빠 져나왔다. 만약 자신이 봉투에만 신경을 기울이지 않고 주위에 조금이라도 관심을 가졌다면 그 많은 아이의 목소리 사이에서 가영의 목소리가 들리지 않는다는 걸 알 수

22
있었을 거란 사실을 모른 채였다.

＊
가영은 온종일 말이 없었다. 선생님은 졸업까지 얼마 남지 않은 기념으로 곧 청소년인 아이들에게 무한한 자유를 제공해 주었고 덕분에 교실은 난장판이 따로 없었다.사방에서 날아드는 공과 쉴 새

없이 들리는 게임 소리와 아이들의 탄성 소리는 혜윤에게 집필은커녕 독서도 허락해 주지 않았다. 덕분에 혜윤은 난장판 사이에서 하릴없이 칠판과 우당탕거리며 움직이는 아이들을 바라보고만 있었다. 옆에서 규칙적으로 들리는 사각거리는 가영의 연필 소리와 문제집 넘기는 소리를 들으면서 혜윤은 온갖 생각에 빠졌다. 가영은 혜윤이 넣은 봉투를 발견했을까? 매일 아이들이랑 무슨 대화를 하는 걸까? 오늘, 혜윤과 가영은 다시 친구로 돌아갈 수 있을까? 자유를 제공받은 아이들의 소음과 혜윤의 생각으로 가득 채워진 학교가 끝나고 하교 종이 울렸을 때 혜윤은 항상 가영이 하교하는 길목 앞에서 기다렸다. 가영이 자신에게 비밀에 대해 말을 해 줄지, 아니 멈춰 서 아무 말이라도 해 주기는 할지 수없이 생각을 거듭하며 서 있던 혜윤의 시야에 익숙한 아이가 들어온 건 영겁과도 같이 느껴졌던 시간이 지난 후였다. 혜윤은 눈을 하굣길을 빠르게 내려오는 익숙한 가영의 모습에 고정했다. 그리고 혜윤과 가영의 눈이 마주친 찰나의 순간 아주 많은 일들이 동시에 일어났다. 횡단보도를 건너는 가영의 곁으로 흐릿하게만 보이는 차 한 대가 달려왔고 누군가가 소리를 질렀으며 쾅 소리와 함께 가영과 차가 충돌했다. 차가 멈췄다. 가영이 쓰러지는 모습이 슬로모션처럼 천천히 보였다. 혜윤은 그 모습을 바라보기만 하고 있었고 저학년생들이 놀라 우는 소리와 학부모들이 소리 지르는 소리를 듣기만 하고 있었다. 가영의 흰옷 위로 번져 가는 강렬한 빨간색을 봤을 때 혜윤의 눈에서 눈물이 떨어져 옷을 물들였다. 빨간빛으로 빠르게 물들고 있는 가영의 옷만큼 혜윤의 옷 역시 눈물로 빠르게 물들어 갔다.

✳ ✳ ✳

23 그 아이

아빠에게서 소식을 들은 건 11월의 어느 날이었다. 언제나처럼 조용한 저녁 식사 시간을 보내고 있을 때 아빠의 헛기침 소리에 가족의 이목이 모두 아빠에게 쏠렸고 아빠는 엄숙하게 입을 열었다.

"중대 소식이 있습니다."

아빠의 목소리는 평소의 장난기 많은 아빠와는 달리 무척이나 심각했다. "우리 가족은 몇 년 동안 대한민국을 떠나게 될 예정입니다."

"왜죠?"

아빠의 말이 끝나자마자 물음을 던진 건 가영과 세 살 차이의 오빠, 이재욱이었다. 재욱은 안경을 치켜올리며 아빠를 빤히 바라보았다.

"아빠 회사에서 외국으로 발령이 나셨어. 그래서 이번 기회에 몇 년간 우리 가족 모두 외국에서 지낼 예정이란다."

정작 재욱의 말에 대답한 건 엄마였다. 이미 다 알고 있었단 표정과 말투였다. 가영이 엄마에게 눈썹을 들어 올려 보이자 엄마는 어깨를 으쓱했다.

"엄마는 다 알고 있었지. 설마 아빠 혼자만 우리 가족 이사를 결정한 거겠어?"

"그럼 친구들이랑 헤어져야 하잖아요."

칭얼거리며 말하는 건 가영과 네 살 차이인 남동생, 이준호. 준호는 사랑스러운 외모와 절로 웃음이 나오는 애교를 가졌지만 슬프거나 화가 나면 세상에 둘도 없는 꼬마 악마로 변했다.

"어쩔 수 없어. 외국에서도 친구는 많을 거야. 외국에서 친구를 사귀면 되지."

"어디로 가는데요?"

가영이 처음 던진 질문에 아빠는 평소의 장난스러운 아빠의 말투로 돌아와 소리쳤다.

"미국!"

엄마는 손뼉을 쳤지만 아빠의 말투에도 가영은 웃을 수가 없었다. 그건 재욱과 준호 모두 마찬가지인 듯했다. 싸늘한 반응에 부모님은 사무적인 표정으로 세 남매를 번갈아 보았다.

"싫으니? 너희 나이에 제일 흔하게 가는 나라인걸. 여러모로 좋을 거야. 영어 공부도 할 수 있고 세계 강대국을 체험해 볼 수 있잖아."

"대화나 인종차별, 이준호 말처럼 친구 같은 문제들은요?"

가영의 질문에 부모님은 가영을 마주 보았다.

"대화는 지금부터 공부하면 돼. 일상 회화 공부하는 교재 사 놨으니까 열심히 풀고. 인종차별 문제? 이미 사라졌을 거야. 예전에는 심했지만 지금은 아니니까. 친구들은 어쩔 수 없지. 친구들도 같이 미국으로 갈 수는 없잖아."

가영은 아무 말도 할 수 없었다. 혜윤의 얼굴이 눈앞에서 아른거렸다. 만약 혜윤에게 이 소식을 전한다면 혜윤은 뭐라고 할까? 아마 서운해하겠지. 가영과 혜윤이 친구가 되었을 때 둘은 약속했다, 절대 헤어지지 말고 영원하자고.

24

그 약속을 가영이 깬다면 혜윤은 서운함을 넘어 슬퍼할지도 모른다. 그렇게 둘 수는 없었다. 혜윤을 슬프

게 만들 수는 없었다. 아직 시간은 있다. 내일 당장 떠나는 건 아닐 테니 말이다. 출발하는 날 말해도 늦지 않다. 최소한 그때까지는 혜윤과 예전처럼 지낼 수 있을 테니까.

"언제 가는데요?"

가영이 묻기도 전 재욱이 선수를 쳤다. 가영은 입을 꼭 닫은 채 남매를 둘러보는 부모님을 바라보았다. 영원 같은 시간이 흐른 뒤 부모님은 동시에 무겁게 식탁 밑으로 늘어붙어 있던 침묵을 깼다.

"12월 28일. 가영이 졸업식 한 바로 뒤에 출발할 예정이야."

준호의 표정은 부루퉁해 보였고 재욱은 마음에 들지 않는 듯 인상을 쓴 채였지만 가영은 마음속으로 깊이 안도했다. 그때까지는 혜윤과 함께하고 어울릴 시간이 있었으니까. 그날 혜윤에게 미국에 가게 되었다는 말을 전한 채 미국으로 떠난다면 가영에게도 혜윤에게도 좋은 선택일 것이다.

✳

부모님이 제일 먼저 할 일은 남매의 학원과 과외를 모두 끊고 그들에게 영어 문제집을 몇 권씩 건네준 일이었다. 덕분에 가영은 산처럼 쌓인 문제집 중 그나마 쉬운 문제집을 학교에 가져가 풀 지경에 처했다. 그리고 남매가 가장 먼저 한 일은 아이들에게 그들의 이사 소식을 알리는 일이었다. 재욱은 그냥 자신의 반 단톡방에 짧은 말 한마디를 남겼고 준호는 마치 내일 바로 이사를 하는 것처럼 엉엉 울며 친구들에게 하나하나 전화해 이사 소식을 전했으며 가영은 프로필을 바꾸는 것으로 그 역할을 대신했다. 다만 혜윤에게만 보이는 자신의 프로필은 바꾸지 않았다. 혜윤에게는 제일 나중에 말할 생각이었으니까. 혜윤이 혹시라도 서운함을 느끼지 않도록. 만약 가영이 조금이라도 더 나이가 들고 더 나은 사고 능력을 가지고 있었다면 자신의 행동이 더욱 혜윤의 서운함을 키운단 것을 알 수 있었을지 모른다.

하지만 가영은 그것이 최선의 방법이라 생각했고 자신과 혜윤을 진심으로 위하는 길이라 생각했다. 아직 어린이로 머무르는 초등학교 6학년의 생각으로. 하루는 궁금해졌다. 혜윤은 과연 어느 중학교에 갈지. 혜윤도 자신처럼 피치 못할사정으로 중학교를 옮기지는 않을지. 지금 생각해 보면 그건 자신과 혜윤이 영원하길 바라는 것처럼, 가영의 바람이었던 것 같다. 혜윤에게 그 물음을 던질 때 혜윤의 가족도 사업이나 교육 문제로 미국으로 함께 갈 수 있길 바란 것도 사실이니까. 하지만 혜윤의 답은 가영의 바람과는 달랐고 가영은 그 희망이 흩어지는 걸 느낄 수 있었다.뭐, 하지만 어차피 이

뤄질 리가 없는 가영만의 바람이었으니까. 최대한 빨리 아쉬움을 떨쳐낼 수밖에, 가영은 할 수 있는 일이 없었다.

이사 몇 주 전 가영 가족은 본격적으로 짐 정리에 들어갔다. 온 종일 이어지는 짐 정리에 가영, 재욱, 준호는 모두 학교를 빠졌다. 재욱은 덤덤했지만 준호는 친구들이 보고 싶다고 온종일 부루퉁해 있었고 가영은 그저 눈코 뜰 새 없이 진행되는 일에 정신도 차리지 못했다. 가영 가족은 녹초가 된 몸으로 저녁이 되어서야 일부 짐 정리를 마쳤다. 거실은 짐 정리를 한 덕분에 휑해졌으며 그 힘든 일을 끝마친 뒤 제일 먼저 쓰러진 건 가영이었다. 쓰러지듯 침대에 파고들며 가영은 얼핏 혜윤에게서 온 문자를 본 것 같았지만 온몸 을 누르는 피로에 그대로 잠이 들 수밖에 없었다. 가영도 알아차린 문제는 그 다음이었다.

가영의 프로필을 본 반 아이들이 하나둘씩 가영의 주위로 몰려들 기 시작했다. 가영과 친하지 않아 멀리서 힐긋거리기만 하던 아이 들도 가영 곁으로 다가와 말을 붙이기 시작했고 가영은 그냥 돌아 서 버리기도 난처해 점점 몰려드는 아이들의 말에 일일이 대답해주 고 웃어 주기 바빴다. 평소보다 늦게 교실로 들어선 혜윤과 눈이 마주쳤지만 혜윤의 눈초리에 가영은 순간적으로 시선을 피해 버렸 다. 다시 시선을 돌린 곳에 혜윤은 없었다. 가영은 당장이라도 혜윤 에게로 다가가고 싶었지만 아이들은 물러갈 기미가 없었다. 절로 한숨이 새어 나오려고 했으나 아마 그 소리 역시 아이들의 말소리에 묻혀 들리지도 않았을 것이다.

그날 온종일 혜윤은 온몸으로 가영이 화났다고 짐작할 수밖에 없는 기운을 뿜어냈다. 가영은 그런 혜윤을 한 번도 본 적이 없어 아무런 말도 하지 못했다. 그저 자신의 시험지에 시선을 고정하고 혜윤의 기분을 가늠해보던 그때 혜윤이 뭔가를 책상으로 쓱 밀었다. 혜윤이 빠른 손놀림으로 적은 두 질문 모두 솔직하게 답할 수 없는 질문들이었기에 가영은 자신이 봐도 이상한 답을 적을 수밖에 없었다. 가영의 답을 읽은 혜윤은 그냥 엎드려 버렸다. 가영이 뭐라 할 틈도 없이 그냥. 심장이 쾅쾅거렸다.이렇게 혜윤이 자신에게서 돌아서는 걸까 두려웠다. 어쩌면, 그냥 솔직하게 말했어야 하는 걸까. 그 의문이 들었을 땐 이미 너무 늦어 버린 후였다.

✼

가영은 하굣길 경사로를 따라 달려 내려갔다. 손에는 혜윤이 가방에 밀어 넣은 봉투를 꽉 쥔 채였다. 혜윤이 그 봉투를 밀어 넣은 건 언제나처럼 자신들끼리만 대화하고 있는 아이들에게 둘러싸여 있던 순간이었다. 가영은 혜윤에게 어떤 말이라도 할수 있다는 희망과도 같은 쪽지를 읽자마자 탄성을 내지를 뻔했으나 그렇게 반응한다면 혜윤이 이상하게 여길지도 모른다는 마음에 억지로 탄성을 억눌렀다. 가영은 그날온종일 쾅쾅대는 심장을 안고 하교 시간만 기다렸고 지금, 경사로를 따라 내려가고 있는 가영의 눈에는 온 세상이 흐릿하게 보였다.그리고 다음 순간, 가영은 혜윤과 눈이 마주쳤다. 흐릿하게 보이는 세상 속 혜윤만 선명했다. 가영은 혜윤에게 눈을 떼지 못했기에 횡단보도가 빨간불인 것도, 자신 곁으로 차가 달려온다는 것도 알지 못했다. 찰나의 순간이었다. 너무나도 찰나라 가영의 눈은 아무것도 포착하지 못했다. 가영의 시야에 차가 들어 왔을 때는 이미 너무 늦은 뒤였다.아픔을 느낀 건 세상이 돌아가고 쾅 소리가 난 뒤였다.

26

사람들의 비명은 흐릿했으며 혜윤의 모습은 보이지 않았다. 쓰러 진 가영의 머릿속에 떠오른 건 그 아이에 대한 생각이었다. 그 아 이, 김혜윤. 자신의 짧은 생각 때문에 멀어지게 된 너무나도 소중한 친구. 이제 혜윤을 붙잡을 수 있을지 모르겠다. 눈꺼풀이 점점 무거 워졌다. 가영의 시야가 닫혔다. 가영의 머릿속은 암흑과 혜윤에 대 한 생각으로 가득 찼다. 혜윤과 멀어진 건, 혜윤이 자신을 돌아서게 만든 건 가영 자신이다. 이제 가영의 곁에는 가영과 같이 있을 뿐 이지 가영에게 아무런 말도 걸지 않는 아이들이 있었고 혜윤은 저 멀리에 있었다. 자신이 다 망치고 말았다. 그렇게도 지키고 싶던 혜 윤과의 우정이 깨어진 건, 순전히 가영 자신 때문이었다.눈물이 흘 렀다. 지금 자신이 어디 있는 건지 지금이 언제인지 알 수가 없었 다. 온통 암흑뿐인 공간에서 가영이 알 수 있는 건 혜윤에게 이제 사실대로 말하고 싶다는것과 자신이 울고 있다는 것뿐이었다.

✳

"이 상태로 떠날 수는 없어."

흐릿하던 감각들이 점점 또렷해짐과 동시에 청각이 제일 먼저 돌아왔다. 청각이 돌아온 귀로 흘러들어오는 엄마의 목소리는 울음기가 섞여 있었다. "사흘 동안 기절해있다니, 너무 걱정돼."

"하지만 의사도 큰 부상은 아니라고 했잖아. 충격으로 지금까지 기절해 있을 뿐 실질적인 부상은 다리 부상과 찰과상 정도라고 했어. 어린이보호구역이라 30으로 달리고 있던 게 다행이지."

다음으로 들리는 아빠의 목소리는 심각했지만 동시에 단호했다. 엄마의 훌쩍거림이 가영의 귀에 마치 비수처럼 내리꽂혔다. 마음이 아파왔지만 곧 다리에 느껴지는 통증과 온몸 구석구석이 쑤시는 듯한 통증에 그 아픔은 묻혀 버렸다.

"꾸준히 치료하면 미국으로 떠날 때까지 회복할 수 있을 거야. 가영이는 강한 아이니까. 한동안 목발을 써야 하겠지만 이것도 이겨낼 수 있겠지. 그러니 졸업식 날 미국으로 떠나는 건 가영이에게 부담될 만한 일은 아닐 거야. 힘들긴 하겠지만."

아빠가 말을 이었다. 엄마의 훌쩍거림과 통증은 끊이지 않았고 가영은 가만히 누워둘의 이야기를 들을 수밖에 없었다. 엄마의 훌쩍거림과 아빠의 무거운 숨소리만 들려오던 그 공간에 새로운 소리가 들려온 것은 그때였다.

"안녕하세요."

문 열리는 소리와 함께 들려온 목소리는 아픔에도 불구하고 가영의 귀에 깊숙이 파고들었다. 가영은 벌떡 몸을 일으켜 세우려고 했으나 몸이 말을 듣지 않았기에 포기할 수밖에 없었다.

"혜윤아."

엄마의 잠긴 목소리가 너무나 그리웠던 이름, 지금 가영이 간절히 부르고픈 이름을 불렀다. "가영이는 아직 못 일어났어."

"……."

27

혜윤은 말이 없었다. 가영의 심장 소리와 엄마의 훌쩍거림만 고요한 공간을 가득메웠다.

"…… 가영이가 일어나면 말해 줄 테니 그때 오렴. 가영이도 네가 있으면 무척 기뻐할 거야."

침묵을 깨고 아빠가 입을 열었고 곧 혜윤의 인사 소리와 문이 닫히는 소리, 발소리가 점점 멀어져 갔다. 부모님은 한동안 말이 없었고 영겁의 세월처럼 느껴지는 시간이 흘렀다.

"…… 그러고 보니 그 반지, 혜윤이랑 맞춘 거였구나."

훌쩍거림이 줄어들고 훨씬 차분해진 엄마의 목소리에 사락거리는 옷자락 소리가 뒤를 이었다. 곧 아빠의 그림자가 시야 한구석을 덮었다.

"소중한 친구니까 반지도 맞춘 거겠지. 비록 사고 때문에 부서져 버리고 말았지만."

＊＊＊
28 이별의 준비

가영의 사고 이후로 사흘이 흘렀다. 교실에는 며칠째 어둑한 기운
이 드리워져 있었고 그 어느 때보다도, 심지어 반대항전에서 최하
위 자리를 차지했을 때보다도 뒤숭숭한 분위기였다. 걱정하는 아이
들과 선생님들 속에서도 혜윤은 누구보다도 가영을 걱정하고 있었
다. 혜윤은 사고 현장에서 유일하게 가영의 부모님이 수거해가지
않고 멀리 떨어진 곳에서 발견된 편지 봉투를 만지작거렸다. 가영
의 병실에 방문하면 놔두고 올 예정이었는데 그럴 순간을 놓치는
바람에 아직까지 갖고 있는 것이었다. 사흘째, 오늘은 전달할 수 있
을까 의문이었다.사고 첫날에는 꼬박꼬박 모든 아이가 방문하던 가
영의 병실에는 이제 발길이 뜸해졌다. 아이들은 공부를 핑계로, 중
학교 대비를 핑계로 하나둘씩 가영의 병실로 향하는발길을 끊었고
지금 가영의 병실을 방문하는 아이는 혜윤밖에 없었다. 만일 있다
하더라도 혜윤과 마주치지 않는 것으로 보아 혜윤처럼 하교하자마
자 바로 찾아가지는 않는 것으로 보였다.

"가영이가 아직 사고로 혼수상태이니 시간이 되는 사람들은 병문
안 가시고, 이제 정말 졸업식이 얼마 남지 않았으니 중학교 대비

철저히 하도록 하세요. 그럼 차렷, 선생님께 경례."

일사불란하게 흩어지는 아이들 사이를 뚫고 혜윤은 곧장 가영의 병원으로 향했다. 처음에 혜윤의 부모님은 매일 하교하고 걸어서 병원까지 가겠다는 혜윤을 말렸지만 혜윤의 굳은 의지를 봤는지 마지못해 허락해 주었다. 도보 10분, 그 거리를 꾸준히 걸어가는 동안 혜윤은 봉투를 더욱 꼭 쥐었다. 마침내 들어선 병원은 평소와 같았다. 바삐 움직이는 의사와 간호사, 복도를 천천히 왔다 갔다 하는 환자들, 병원 특유의 고요한 분위기까지. 혜윤은 그 속에 녹아들어 발길을 맞추며 가영의 병실로 향했다. 노크하고 들어서려는데 안에서 들려오는 목소리가 혜윤을 사로잡았다. 혜윤은 손을 천천히 내리고 귀를 문에 갖다 댄 채 안에서들려오는 소리에 귀를 기울였다.

"이 상태로 떠날 수는 없어."

처음으로 들려온 목소리는 가영 엄마의 목소리였다. 항상 냉철해 보이던 가영 엄마의 목소리에는 울음기가 섞여 있었는데, 혜윤이 정말로 놀란 대상은 가영 엄마의 목소리가 아닌 내용이었다. 떠난다니, 어디를? 가영이 품은 비밀이 이것일까. 자신에게 말해주지 않았던 비밀의 내용이 이런 것이었던 건가? "사흘 동안 기절해 있다니, 너무 걱정돼."

"하지만 의사도 큰 부상은 아니라고 했잖아. 충격으로 지금까지 기절해 있을 뿐 실질적인 부상은 다리 부상과 찰과상 정도라고 했어. 어린이보호구역이라 30으로 달리고 있던 게 다행이지."

다음으로 들려온 목소리는 가영 아빠의 심각한 목소리였고 그 목소리는 혜윤을 복잡한 생각 속에서 끌어내 다시 대화에 집중하게 했다. 혜윤은 어디로 떠난다는 건지 귀를 바짝 기울이며 숨을 죽였다. 그리고 다음 순간 혜윤이 찾고

29

그리고 다음 순간 혜윤이 찾고 싶었던 대답이 나왔다.

"꾸준히 치료하면 미국으로 떠날 때까지 회복할 수 있을 거야."

혜윤은 한순간 쾅 내려앉는 심장을 느낄 수 있었다. 이제야 가영이 그렇게 문제집을 풀던 이유가, 피아노 학원을 끊었던 이유가, 자신에게 이상한 말을 던지던 이유가 미국으로 떠나기 때문이란 걸 알 수 있었다. 혜윤은 가영이 어떤 아인지 알았다. 아마 사실대로 말한다면 혜윤이 서운해할 줄 알고 비밀을 꼭꼭 숨겼겠지. 다른 아이들이 어떻게 알았는지는 모르겠다만 가영이 아이들한테만 자신의 비밀을 털어놓고 혜윤에게는 말하지 않는 것을 의도하지 않았다는 것 또한 알 듯했다. 가영은 나름대로 혜윤이 상처받지 않을 만한 자신의 방법을 찾았던 것이다. 미국으로 떠난다는 비밀을 숨기는 것이 둘의 우정이 지속되기 위한 최선의 방법이라고 믿었겠지. 혜윤은 머릿속을 스쳐 지나가는 생각에 순간 쓴웃음을 지었다. 일 년 전 자신의 모습이 지금 가영의 모습과 겹쳐 보였다. 그때 혜윤의 행동은 지금의 가영과 똑같았다.

5학년 때였다. 가영과 '절대 헤어지지 말고 영원하자'라는 약속을 한 뒤 1년이 흐른 시점인 동시에 혜윤의 오빠가 중학교 2학년이 된 시점이기도 했다. 몇 달 동안 혜윤의 생활은 4학년 때와 친구들, 나이, 반과 번호 등이 달라졌다는 것을 제외하고는 별반 다를 바 없었지만 오빠의 생활은 그렇지 않았다. 중학교 1학년 때는 중학교에 적응하느라 바쁘던 아이들이 2학년이 되자 적응이라는 갑작스러운 문제에서 서서히 빠져나오기 시작했다. 오빠의 반 아이들 역시 그랬고 새로운 문제를 찾던 아이들의 눈에 띈 것이 바로 혜윤의 오빠였다. 공부, 운동, 음악,미술 모두 잘하는 다재다능한 오빠는 부러움과 질투심을 동시에 받고 있었는데 오빠를 질투하던 아이 중 몇몇이 따돌림을 시작했다. 그 분위기에 휩쓸려 오빠를 부러워하던 아이들 역시 오빠를 따돌리기 시작했고 평소 말이 없던 오빠의 성격 때문에 선생님도, 혜윤의 가족도 그 소식에 대해 알지 못했다.

그리고 그 소식이 마침내 찢어진 교과서로 확인된 날, 교실에는 조그마하지만 강력한 혼돈의 소용돌이가 일었다. 소식을 전해들은 부모님은 무척 분개하며 이사를 고려했다. 혜윤은 이사가 결정되고 다른 학교로 옮길 상황에 처했을 때 가영에게 그 사실을 알리지 않았다. 이유는 하나였다. 가영이 상처받을까, 혹시 자신에게 실망감이나 배신감을 느끼진 않을까 하는 이유에서였다. 하지만 학교폭력위원회로 따돌림을 주도하던 학생들이 강제 전학 당한 뒤 이사 계획은 무산되었다. 혜윤은 이사 계획이 무산된 뒤로도 가영에게 그 사실을 말하지 않았다. 가영이 자신이 그 사실을 말하지 않았다는 걸 안다면 어떻게 행동할지 몰랐으니까. 아마 지금의 가영도 같은 생각을 가지고 그때의 혜윤처럼 행동했을 것이다. 혜윤은 드디어 가영을 이해할 수 있을 것 같았다. 완전히.

"가영이는 강한 아이니까. 한동안 목발을 써야 하겠지만 이것도 이겨낼 수 있겠지. 그러니 졸업식 날 미국으로 떠나는 건 가영이에게 부담될 만한 일은 아닐 거야. 힘들긴 하겠지만."

이어지는 가영 아빠의 말은 가영이 떠나는 날짜까지 알려주었다.

30

졸업식 날이구나.그게 가영과 이별하는 날이 되겠구나. 영원하다면 영원히, 그렇지는 않을지라도 잠시 동안 혹은 한동안. 혜윤은 가영이 자신에게 그 사실을 졸업식 날 말할 예정이었는지 궁금해졌다. 마지막까지 숨기다 졸업식 날, 떠나기 직전 말해줄 생각이었을까. 혜윤은 문을 살짝 열었다. 가영 부모님의 시선이 혜윤에게 쏠렸다. 혜윤은 고개를 꾸벅 숙여 인사하며 두 사람 너머의 침대에 누워 있는 가영을 곁눈질했다. 조금 있으면 가영과 이별한다 생각하니 기분이 울적해졌다.

"안녕하세요."

혜윤의 고요한 인사에 가영 엄마가 울어 벌게진 얼굴로 혜윤에게 힘겹게 웃어 보였다. 그 모습이 오늘따라 더욱 애처로워 보였다.

"혜윤아."

가영 엄마의 목소리는 착 깔려 있었고 아직까지 살짝 떨렸다.

"가영이는 아직 못 일어났어."

혜윤이 입을 꾹 다문 채로 고개를 가만히 끄덕이자 이번에는 가영 아빠가 심각한 얼굴에 조그마한 균열을 일으키며 혜윤을 보았다.

"가영이가 일어나면 말해 줄 테니 그때 오렴. 가영이도 네가 있으면 무척 기뻐할거야."

혜윤의 시선은 누워 있는 가영을 향했고 손은 봉투를 더욱더 꽉 쥐었다. 둘 다 무의식적인 행동이었기에 혜윤은 고개를 살짝 숙여 인사를 할 때도 자신의 행동에 대해, 손에 쥐어진 봉투에 대해, 조금씩 떨리던 가영의 몸에 대해 단 한 번도 다시 생각해 보지 않았다. 병실 문을 조용히 닫고 복도를 걷는 혜윤의 발걸음은 조금은 무거웠지만 이제는 더 이상 가영과 틀어진 관계의 문제 때문이 아니었다. 이제 혜윤의 머릿속에는 새로운 계획이 서서히 형태를 갖춰가고 있었다.

✽

집으로 돌아온 혜윤이 제일 먼저 한 일은 손에 들고 있던 봉투를 열어 쪽지와 우정 반지를 꺼낸 일이었다. 그리고 혜윤은 책상에 고스란히 남겨진 공책을 집어 들어 한장을 찢은 후 그 무엇도 없는 백지의 공책에 볼펜으로 글씨를 새기기 시작했다. 한자 한 자 천천히 혜윤이 글씨를 새길 때마다 정갈한 글씨가 종이 위로 하나둘씩 나타났다. 마침내 자신이 하고 싶은 말을 모두 종이 위로 옮긴 혜윤은 찬찬히 자신의 편지를 훑어본 뒤 봉투에 집어넣었다. 반지 역시 함께였다. 살짝은 서늘한 반지의 감촉이 낯설었던 가영의 손과 비슷하게 느껴졌다. 봉투를 가방에 집어넣자 혜윤의 눈은 다시 공책으로 향했다. 끝을 향해 달려가는 이야기가 눈에 들어왔지만 혜윤은 자신을 기다리며 긴 여정을 끝내길 바라는 이야기를 뒤로하고 공책을 덮었다. 지금은 아니었다.가영과의 사소한 오해와 가영 그 자체와 이별을 고한 후 이야기와도 이별을 고해도 늦지 않을 것이다.

31

혜윤은 창밖을 빤히 바라보았다. 짧아진 낮에 이르게 어둑해진 하늘이 보였다. 보름달이 휘영청 밝았다. 아마 다음 보름달을 볼 때쯤엔 혜윤은 중학교 준비를 하고 있을 것이다. 아마 가영은 미국으로 떠난 후겠지. 그래도 괜찮았다. 혜윤은 준비가 되었다. 가영과 사소한 오해를 풀고 가영과 함께 어린이인 자신을 놓아줄 준비가, 지금은 되어 있었다.

＊

하굣길, 병원으로 향하는 혜윤의 발걸음과 표정은 마치 오빠의 졸업식 날처럼 결연했다. 시간의 흐름으로 익숙해져 버린 병원 복도를 걷는 동안 모든 것이 평소와 같았지만 혜윤만은 전과 달랐다. 혜윤은 지금 어제와는 다른 사실을 알고 있었으며 어제와는 다른 내용의 편지를 들고 있었고 어제와는 다른 준비가 되어 있었다. 혜윤은 가영의 병실 앞에서 심호흡한 뒤 문을 두드렸다. 문 너머에서 조용한 발소리가 들려왔고 곧 병실 문이 열렸다. 혜윤은 말을 하려고 입을 열었지만 가영 엄마의 말이 더 빨랐다.

"혜윤아, 왔구나. 가영이는 어제 깨어났는데, 지금 다리 치료 받으러 갔어. 다리를 좀 심하게 다쳐서."

혜윤은 가만히 듣고만 있다가 가영 엄마가 입을 닫고 숨을 내쉬자마자 손에 꽉 쥔 봉투를 불쑥 내밀었다. 가영 엄마의 눈이 혜윤의 손으로 옮겨 갔다.

"이게 뭐니?"

"이거, 가영이 치료 끝나고 돌아오면 전해 주세요. 혜윤이가 전해 달라고 했다고 전해 주실 수 있으면 전해 주세요."

가영 엄마는 천천히 고개를 끄덕이며 봉투를 받아들었다. 이리저리 봉투를 훑어보는 가영 엄마의 눈은 어제처럼 붉게 충혈되어 있었다.

"안녕히 계세요."

혜윤은 고개를 꾸벅 숙이고 병실을, 가영 엄마를, 자신이 쓴 편지와 우정 반지가든 봉투를 뒤로했다. 병원에 나오자마자 반사적으로 올려다본 하늘에서는 구름이 하늘을 강 삼아 천천히 흘러가고 있었다. 매서운 바람이 몰아쳤다. 한겨울이 다가온 만큼 졸업식도, 2022년의 끝도 성큼 다가와 있었다. 혜윤은 높기만 한 겨울 하늘을 올려다보며 끊임없이 떠오르는 가영에 대해 그리고 자신의 미래에 대해 생각했다.

✳✳✳

치료는 오래 걸리지 않았다. 가영은 차량과의 충돌이 심하지 않아 다행이라는 말과 다리 치료에 대한 설명을 듣고 붕대를 둘둘 감은 다리를 휠체어에 의지한 채로 치료실을 나왔다. 뒤에서 묵묵히 휠체어를 미는 아빠는 말이 없었다. 가영도 딱히 할 말이 없었기에 가영은 침묵 속에서 유난히 크게 들려오는 바퀴와 바닥의 마찰음에만 신

32

경을 기울였다.

"혜윤이 말이다."

아빠가 불쑥 입을 열었다. 가영은 절로 몸을 똑바로 일으켜 정면만 응시하는 아빠를 돌아보았다.

"정말 친한 친구인가 보더라. 매일매일 찾아왔어. 아마 오늘도 왔다 갔을 거야."

가영은 천천히 고개를 아빠가 보고 있는 정면을 향해 돌렸다. 어

느새 복도는 끝이나고 있었고 가영 자신의 병실이 눈앞에 자리했다. 병실 문을 열고 들어서는 동안 가영은 혜윤에 대한 생각을 거듭했다. 항상 혜윤이 찾아왔다니, 가영이 걱정했던 만큼 혜윤이 가영에게서 완전히 돌아선 건 아니었구나. 멍하니 생각에 잠겨 있는 가영 곁으로 두 눈이 붉게 충혈된 엄마가 다가와 뭔가를 쑥 내밀었다.

"혜윤이가 주고 갔어. 진짜 착한 아이야."

엄마의 목소리는 꽤 차분해졌지만 여전히 울음기가 옅게나마 남아 있었다. 가영은 다행히도 다리와 달리 멀쩡한 팔과 손을 뻗어 익숙한 봉투를 건네받았다. 천천히 봉투의 외관을 훑어본 가영은 봉투를 열고 안을 확인했다. 우정 반지와 곱게 접은 종이한 장이 보였는데 딱 봐도 혜윤의 공책이라는 걸 알 수 있었다. 가영은 종이를 떨리는 손으로 펼쳤다. 혜윤의 정갈한 글씨체를 따라 가영의 눈이 움직였고 곧 그 눈에는 눈물이 차올랐다.

내 운명의 단짝, 가영이에게. 가영아, 어제 네 병실에 왔을 때 네가 미국에 가게 되었다는 걸 알게 됐어. 엿들으려던 건 아니었어. 의도했던 건 아니니 오해하지 말아 줬으면 좋겠어. 네가 다른 아이들에게만 말한 게 처음에는 이해할 수가 없었고 서운하게도 느껴졌지만 생각해 보면 네가 생각한 배려심이란 생각이 들어. 내가 너라면 나라도 그랬을 것 같으니까. 나는 이제 우리가 함께할 시간이 얼마 남지 않았다는 것에 대해 안타깝고 슬프게 생각해. 그렇지만 이 역시 운명일 거야. 우리의 운명이 돕는다면 우리는 다시 만날 수 있겠지. 가영아, 우리는 친구야. 그것도 가장 절친한 친구. 그렇지? 난 지금도 의심치 않고 네가 내게 비밀을 숨겼더라도 나는 널 용서할 거야.

네 운명의 단짝, 혜윤

추신 : 우정 반지에는 우리의 우정이 깃들어 있어. 그만큼 우정 반지는 힘이 있을 거야. 우정 반지가 네 회복을 도와줄 거라고 믿고 있어! 빨리 낫길 바라.

✳ ✳ ✳

33 우리가 걸어갈 길

졸업식 날, 교실은 졸업을 앞둔 아이들의 설렘으로 가득했다. 졸업모를 눌러쓴 채 교실에서 일 년을 함께한 아이들과 대화를 나누는 6학년 3반 아이들의 얼굴에는 빨간빛 홍조가 밝게 빛났다. 6년간의 여정을 동행한 학교의 모습은 아이들의 머릿속에서 결코 지워지지 않고 영원히 남을 터였다. 혜윤은 그 속에서 교복 위에 두른 졸업 가운을 만지작거리며 시계를 바라보았다. 졸업식까지는 10분이 남았다. 혜윤은 앞문 쪽을 힐끗 돌아보았으나 아무도 들어올 기색이 보이지 않았다. 절로 한숨이 나와 시끌벅적한 교실 위로 두둥실 떠올랐다. 그날, 병실에서 가영 엄마에게 편지와 반지가 든 봉투를 전달한 이후로 혜윤은 병실을 찾아가지 않았다. 혼수상태에서 벗어났으니 이제 가영도 본격적인 치료에 들어갈 테니 자신이 있다면 걸리적거릴 것 같아서 였다. 그러나 성큼 다가온 졸업식의 날짜를 꼽으며 기다렸음에도 가영은 학교에 돌아오지 않았고 심지어 오늘, 졸업식 날에도 돌아오지 않고 있었다. 가영 부모님의 대화로 유추해 봤을 때 졸업식 날에 미국으로 떠나는 것 같았는데, 학교에 오지 않을 생각이었을까. 아니면 상태가 악화되어 병원을 떠나지 못하고 있는 걸까. 혜윤은 입술을 굳게 깨물며 허전한 손을 내려다보았다. 우정 반지가 없는 자신의 손은 익숙하지 않았다. 그건 가영의 손 역시 마찬가지였다

.혜윤은 책상 서랍에서 스마트폰을 꺼내 마지막 메시지가 까마득한 과거처럼 느껴지는 가영과의 채팅에 접속했다. 멍하니 자신이 마지막으로 가영에게 보낸 메시지를 바라보고 있는데 뭔가 달라진 점이 눈에 들어왔다. 혜윤은 눈을 가늘게 뜨고 묘한 차이가 눈에 띄는 부분을 바라보았다. 가영의 프로필이 달라져 있었다. 더 이상 가영의 프로필에는 혜윤과 가영, 둘이 웃고 있지 않았다. 대신 그곳에는 검지손가락에 우정 반지를 낀 가영의 길쭉한 손과 혜윤이 전달한 봉투가 나타나 있었다. 혜윤은 가영의 프로필을 뚫어져라 바라보다가 웃음을 흘렸다. 'Thank you, BF!' 라는 글씨가 가영의 프로필에서 반짝거리며 빛났다. 고마워, 베스트 프렌드.

"별말씀을."

혜윤이 중얼거림과 동시에 선생님이 자리에서 일어나 사뭇 진지하고 긴장한 얼굴로 아이들을 둘러보았다. 순식간에 적막이 내려앉은 교실에서 아이들이 선생님을 마주보았다. 혜윤은 주머니에 스마트폰을 밀어 넣고 자리에서 일어섰다.

"가자, 얘들아. 복도에 줄 서서 이동하자."

혜윤은 마지막으로 문 쪽을 바라보았지만 가영은 들어오지 않았다. 혜윤은 시선을 바닥으로만 향한 채 천천히 줄 맨 끝에서 아이들이 소곤거리는 소리를 들으며 걸었다. 그 너머의 창밖에서는 함박눈이 펑펑 쏟아져 내리고 있었다.

✳

34

정문 앞에 반별로 선 아이들 사이에서는 설렘과 긴장감이 동시에 느껴졌다. 소곤거림 역시 곳곳에서 난무했다. 혜윤은 허전한 손만 내려다보며 고개를 들지 않았다. 그때였다.

"어, 저기 가영이 아냐?"

지오의 목소리에 혜윤은 고개를 번쩍 들어 지오의 손가락이 향하는 곳을 바라보았다. 아이들 사이에서 수군거림이 불 번지듯 퍼져 나갔다. 가영이네, 가영이다. 다리 다친 것 같아. 깨어났네. 다행이다. 혜윤은 발뒤꿈치를 들어 그 소리 너머를 바라보았다.

가영이 후문 쪽에서 천천히 걸어오고 있었다. 혜윤의 얼굴에 한순간 화색이 돌았다. 한 걸음 한 걸음씩 천천히 걷는 가영은 다른 6학년 3반 아이들과 마찬가지로 교복, 졸업가운, 졸업모 차림이었고 조금은 힘들어 보였지만 그 어느 때보다도 환한 웃음을 입에 걸고 있었다. 그 웃음은 자신을 향한 것이라는 걸, 혜윤은 알 것 같았다.

"그러고 보니, 오늘 가영이가 미국 가는 날이었지."

"응. 프로필에 그렇게 돼 있었잖아."

아이들의 말은 가영이 어떻게 혜윤에게만 비밀을 숨길 수 있었는지 말해주고 있었지만 혜윤에게 지금 그 방법쯤은 중요하지 않았다. 혜윤의 시선은 가영에게만 집중되어 있었다. 가영의 앞머리 뒤로 눈이 보였다. 혜윤과 마주친 가영의 눈이 커다란 눈웃음을 그렸다. 혜윤은 엄지손가락을 치켜세워 보였고 가영은 입을 뻐끔거리는 것으로 답했다. 잘 받았어. 혜윤은 고개를 끄덕였다. 가영이 자신의 자리에 서자 선생님이 다른 선생님들에게 손가락으로 동그라미를 그려 보였다. 그 손동작을 신호로 졸업식이 시작되었다. 정문이 열렸고 아이들이 천천히 걸어 나갔다. 함박눈이 아이들 졸업모와 졸업가운 위로 쌓여 갔다.

혜윤은 그 아름다운 광경을 지켜보며 천천히 걸었다. 한 걸음 한 걸음마다 자신의 6년 동안의 여정과 그동안의 경험들과 지식과 친구들과 그 모든 것들을 되새기며. 가영과의 첫 만남부터 지금까지 함께한 시간 역시 눈앞에 펼쳐졌다. 함박눈이 혜윤의 졸업모와 졸업가운에도 수북이 쌓였다. 학부모들이 학생들을 둘러싸고 시도 때도 없이 셔터를 누르는 소리가 귀에 맴돌았다.

"혜윤아."

가영의 목소리가 들려온 건 주위를 찬찬히 둘러보며 학교의 모습을 눈에 담고 있을 때였다. 혜윤은 뒤를 돌아서 가영을 마주 보았다. 가영의 얼굴은 붉게 상기되어 있었고 옷에는 함박눈이 내려앉아 있었다. 혜윤은 가영의 목에 걸려 있는 목걸이를 바라보았다. 반으로 나누어진 우정 반지와 실을 연결해 만든 목걸이에도 역시 함박눈이 내려앉아 있었다.

"여기, 네 것도 있어. 내 건 부서져서 반밖에 안 남았지만 네 건 완전해."

가영이 혜윤의 우정 반지와 연결한 목걸이를 건넸다. 혜윤은 목걸이를 목에 걸면서 가영을 바라보았다.

35

"우린 영원히 가장 친한 친구지, 그렇게 약속했잖아."

가영의 목소리는 가늘게 떨리고 있었다. 혜윤은 살짝 고개를 끄덕이며 웃음 지었다. 어느새 함박눈과 함께 반짝이고 있는 가영의 눈이 보였다.

"당연하지."

혜윤은 살짝 잠긴 목소리로 대답하며 가영을 꼭 껴안았다. 혜윤은 또르르 흐르는 눈물을 닦으며 가영의 어깨너머로 다가오는 가영의 부모님을 바라보았다.

"난 이제 가야 해."

가영이 팔을 풀고 빨개진 눈으로 혜윤을 마주 보았다.

"혜윤아, 다시 올게. 그때까지 잘 있어."

"얼마든지 기다리고 있을게."

혜윤의 대답에 가영은 빨개진 눈가를 문지르며 웃어 보였다. 돌아서서 부모님에게로 걸어가는 가영의 뒷모습은 혜윤의 머릿속에 오랫동안 머물렀다. 혜윤은 흐르는 눈물을 닦고 하늘을 올려다보았다. 언제든지 가영을 만날 수 있을 것이다. 걸어가는 길이 다를지라도 그 길이 언제나 다른 방향을 향해 가는 것은 아닐테니까. 도중에 만나는 길목에서라도 가영을 만날 수 있다면 혜윤은 만족할 수 있었다. 혜윤은 이제야 어떻게 자신의 초등학생으로서의 마지막 이야기를 마무리해야 할지알 것 같았다. 하늘을 올려다보며 그리고 오래도록 함께했던 학교를 둘러보며 혜윤은 열심히 길을 걸어가다가 웃거나, 혹은 울고 있을 자신에게 전했다.

- 미래의 '나'에게.

미래의 혜윤이 네가 걸어가는 길이 힘들고 거칠지도 모르지만 끝이 없는 길은 없어..확신을 가지고 걷다 보면 길은 언젠가 끝나 있을 테고 그때는 네가 원하던 뭔가가 손에 들려 있을 거란다. 그때까지 네가 그 길을 끝까지 걸어가길 응원할게.

- 과거의'너'가

36 에필로그 : 1년 후

"드디어 끝났다."

혜윤은 팔을 쭉 뻗으며 눈앞에 놓인 노트북을 뿌듯하게 바라보았다. 그 속에서는 몇 개월 동안 함께하던 이야기의 끝이 펼쳐져 있었다. 혜윤은 새어 나오는 하품을 억누르며 마지막 장을 훑었다.

"그렇게 바빴는데도 이야기는 끝나는구나."

중학교로 들어서며 급격히 할 일이 늘어난 혜윤에게는 공책에 일일이 쓴 글을 노트북으로 옮겨 쓰기는커녕 6학년에는 가능했던 취미생활을 위한 1시간의 시간조차도 사치였다. 혜윤이 취미생활에 몰입할 수 있는 시간은 이제 중간·기말고사가 끝난 뒤에 며칠 정도였고 그마저도 며칠이 지나면 다시 공부에 골몰해야 했다. 그렇기에 혜윤은 이제 공책이 아닌 노트북에 바로 글을 쓰는 방법을 택했다.혜윤은 눈을 손으로 꾹 누르며 침대에 풀썩 몸을 던졌다. 그때 침대맡에 올려진 스마트폰이 시끄럽게 진동하며 메시지 도착을 알렸다. 혜윤은 손을 뻗어 스마트폰 화면을 확인했다.

가영 : 나 이번 1월에 한국 갈 예정! 시간 있으면 학교에서 만나자!

튀어 오르듯 일어난 혜윤은 눈을 크게 뜨고 다시 한번 메시지를 찬찬히 읽었다. 하지만 다시 읽어도 메시지 내용은 바뀌지 않았고 혜윤의 심장은 쿵쿵 뛰기 시작했다. 똑똑히 기억난다. 어린 시절의 자신과 이별했던 초등학교 졸업식 날. 불확실한 미래가 어느 때보다도 가깝게 느껴졌던 그날. 그리고 그날 어린 시절의 자신과 함께 떠나간 가영. 가영은 그 후로 혜윤에게 가끔 문자를 보내왔지만, 평소에는 미국 학기의 시작으로 바쁜지 연락이 뜸해졌다. 그런데 오늘, 그런 가영이 한국에 방문한다는 내용의 메시지가 온 것이다. 혜윤의 손가락은 거의 날아오를 듯 자판 위를 내달렸다.

혜윤 : 당연하지.나 곧 겨울방학. 12월 30일 이후로는 다 됨.

가영 : ㅇㅋㅇㅋ 그럼 부모님이랑 상의해 봄!!

혜윤은 떨리는 심장을 진정시키며 침대에서 몸을 일으켜 책상으로 향했다. 책상 서랍을 열자 공책이 보였다. '6307 김혜윤'이라는 글씨가 보였다. 6학년 때 함께한 공책으로 혜윤이 이 공책을 펼칠 때는 가끔 파도처럼 밀려오는 감정을 추스를 수 없을 때였다. 혜윤은 공책을 한 장 한 장 넘겨 졸업식 날, 집에 오자마자 신들린 듯 써 내려간 결말 부분을 펼쳤다.

37

"중간에 장애물이 있고 우리의 미래가 불확실할지라도 나는 알 것 같아. 우리는 그 길을 가는 동안 마주칠 수 있으며 그 사실은 변치 않는다는 걸.나는 알아. 그러기 어려울 거라는 것도.하지만 과거의 우리가 과거의 삶을 잘 헤쳐 나갔고 현재의 우리가 현재의 삶을 잘 살아가고 있는 것을 본다면 미래의 우리도 우리의 미래의 삶을 잘 책임져 줄 거야."

이 글을 쓸 당시 과거였던 삶은 까마득한 과거가 되었고 현재는 과거가 되었으며 미래는 현재가 되었지만 혜윤은 믿었다. 지금도

자신에게는 미래가 있으니 그 시간의자신도 지금처럼 잘 헤쳐 나갈
수 있을 거라고.

　혜윤은 공책을 덮어 다시 고이 서랍 안에 넣었다. 스마트폰은 또
다시 진동하며 가영의 메시지의 도착을 알렸고 지금도 펼쳐지고 있
는 그들의 미래는 혜윤에게 힘을 불어넣었다.

제1회 국제청소년 동화쓰기로 작가되기 프로젝트

수상자 명단

대상: 우리의 미래 (김소윤)

최우수상: 벨루가 (강다연)

우수상: 모진원석 (양다인)

우수상: 알포의 모험 (김아인)

우수상: 10년전 그날 이야기 (이소은)

<입상>

감사가뭐에요 (김민지)-감사상

마녀사냥 (김규리)-진실성상

동물원을 바꾼 카나리아 (양지혁)-친절상

엄마가 집에 없던 일주일 (조영관)-자기통제상

외톨이행성플루토 (정재희)-관용상

팻과맷이야기 (이연희)-창의력상

신비한전자상가 (한온유)-공감상

정직했어야하는데 (박주연)-정직상

너 때문이야 (이종원)-용기상

무지개다리 (이예은)-헌신상

못생긴고양이 (이현규)-야망상

세상에서 가장 아름다운 그림 (장성운)-상상력상

카톡왔숑 (오윤)-정의상

나를 기쁘게 하는 건 나! (성유리)-진정성상

배려 (이인서)-존중상

거지의 보답(한윤호)-보답상

황금깃털 (김숙인)-책임상

나눔체험 (김정현)-나눔상

코코아속마시멜로같은선생님 (유정민)-국제시민상

하늘에서의 경주 (김영원)-팀워크상

호랑이는 무섭지 않은걸?? (김가온)-혁신상

찬이의 열정 (서은수)-열정상

뽀니 뽀니 아저씨의 초콜릿 가게 (김건우)-정신수양상

고래의 이야기 (정사랑)-자기 인식상

축구공이 가져다 준 선물 (김인엽)- 자기성찰상

에필로그
동화작가를 꿈꾸는 그대들에게
김차순

"사막이 아름다운 건 어딘가에 우물을 감추고 있어서야"

어린 왕자는 말합니다. 사막은 비어있어요. 아무것도 없는 것 같아요, 하지만 어딘가에는 생명체가 살 수 있다는 건 어딘가에 물이 있다는 것이겠지요. 그야말로 물이란, 생명을 담보하는 것이지요. 이처럼 글을 쓴다는 것은 사막의 오아시스를 찾는 여정이라고 생각해요,

누군가 아름다워 보이는 사람이 있다면 그에겐 생명 같은 그 무엇이 있어서예요. 사람이 아름다운 건 진실이란 오아시스를 감추고 있다는 것이고, 누군가의 진실과 진실이 만날 때 아름다움을 발견한다는 것이지요. 그럴때마다 행복한 마음이 일렁이겠지요. 사람은 사막처럼 아름

다워요. 이런 아름다운 세상을 밝혀내는 것이 글을 쓰는 그대들이지요.

이제 '오늘부터 나는 동화작가다' 그대들의 생각을 훔쳐보자고요. 문학을 하는 사람, 이를테면 시인은 그 무엇을 보면 그 무엇을 봄과 동시에 자기 내면에 그 무엇을 견주어 보거든요, 지금 그 무엇을 보고 있어요. 지금 보고 있는 것과 지금은 보이지 않는 사막, 어디 마음 하나 내려놓고 쉴 수 있을 그 곳, 지친 몸을 기대어 의지할 수 있는 누군가의 어깨가 되고 꿈과 희망의 등대가 되어 세상을 밝혀 줄거예요. 그게 바로 문학 작품이예요. 그대들의 글 한 줄이 누군가에게 따스한 햇살이 되어 준다고 생각하니, 깊은 전율이 느껴지는군요.

그대들의 글은 희망의 오아시스를 하나씩 만나듯 설레임으로 다가왔지요. 그대들의 꿈과 끼를 통해 지혜를 배워갑니다. 어른들도 그대들에게 항상 배우고 있다는 사실을 기억해주세요. 그대들의 세계는 넓고 광활한 사막 같지만, 그곳에는 작은 여우도 있고. 길들여진 장미 꽃 송이도 있어요. 동화 속의 작은 울림은 많은 이들에게 잔잔한 감동으로 전해질거라 생각해요.

그대들의 사명은 이제부터 시작입니다. 많은 이들에게 희망과 용기를 주는 이 시대를 밝혀줄 품성의 촛불을 하나씩 켜보자구요. 좋은 동화 작품으로 그대들을 만나기를 기대하며, 그대들의 꿈을 힘껏 응원합니다.